Directo al corazón

Brenda Jackson

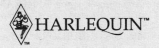

HARLEQUIN™

Editado por HARLEQUIN IBÉRICA, S.A.
Núñez de Balboa, 56
28001 Madrid

I.S.B.N.: 978-84-671-6865-5
Depósito legal: B-53002-2008
Editor responsable: Luis Pugni
Preimpresión y fotomecánica: M.T. Color & Diseño, S.L.
C/. Colquide, 6 portal 2 - 3º H. 28230 Las Rozas (Madrid)
Impresión y encuadernación: LITOGRAFÍA ROSÉS, S.A.
C/. Energía, 11. 08850 Gavá (Barcelona)
Fecha impresion para Argentina: 3.8.09
Distribuidor exclusivo para España: LOGISTA
Distribuidor para México: CODIPLYRSA
Distribuidores para Argentina: interior, BERTRAN, S.A.C. Vélez
Sársfield, 1950. Cap. Fed./ Buenos Aires y Gran Buenos Aires,
VACCARO SÁNCHEZ y Cía, S.A.
Distribuidor para Chile: DISTRIBUIDORA ALFA, S.A.

Capítulo Uno

—Señor, el avión está a punto de despegar. Por favor, apague su ordenador y abróchese el cinturón de seguridad.

Quade Westmoreland siguió las indicaciones del auxiliar de vuelo mientras pensaba en las pocas veces que había escuchado ese requerimiento a bordo de un avión comercial. En los pasados ocho años se había acostumbrado al lujo de viajar en el Air Force One donde utilizar un ordenador durante el despegue no sólo no era un problema, sino que constituía una necesidad.

Echó un vistazo a su alrededor. Al menos iba en primera clase, que no estaba mal, y no había nadie sentado en el asiento de al lado, lo que hacía las cosas aún mejores. No le gustaba la sensación de estar rodeado de gente. Le gustaba disponer de su espacio. Por eso le gustaba su trabajo en el CSP, Cuerpo de Seguridad Presidencial, rama de la CIA y el Servicio Secreto.

Pero si tenía que decir la verdad, y había sólo unos pocos individuos clave que conocían la verdad, su posición particular acarreaba muchas más cosas que proteger al presidente. Después de los ataques del 11-S, se había creado el CSP y él había entrado a formar parte del equipo de élite. Su trabajo consistía en no perder de vista al presidente en sus viajes al extranjero.

Por eso había estado en Sharm el Sheik, en Egipto, la noche que había conocido a Cheyenne Steele.

Cheyenne Steele.

Sólo pensar en ella le hacía sentir una opresión en el pecho a la vez que un hormigueo en otras partes del cuerpo. Esa mujer había provocado en él esa clase de respuesta la primera noche que se la había encontrado caminando por la playa. En realidad había notado su presencia antes de verla. Y cuando la había mirado al rostro, una profunda atracción física había despertado un fuerte deseo en su interior, un deseo en un grado mucho mayor que el que jamás había experimentado por ninguna mujer en sus treinta y seis años de vida. Había sido algo realmente fuerte. Inexplicable. Y, por suerte, la atracción había sido mutua.

No le había llevado mucho tiempo descubrir que ella se sentía igualmente atraída por él y, después de una corta conversación, ella había aceptado su oferta de compartir una copa... en su habitación del hotel.

Aunque él había sabido que ella estaría segura

con él, inicialmente se había sorprendido por la decisión de ella hasta que había llegado a su habitación. Antes de entrar en el cuarto, ella había llamado con su móvil a una amiga que viajaba con ella para decirle dónde estaría; especificando qué habitación y en qué hotel.

Cheyenne era la única parte de su nombre que le había dado esa noche, considerando cómo se habían conocido y lo que había sucedido después, ni siquiera había estado seguro de que ése fuese su verdadero nombre. Había sido muy reservada, lo mismo que él. Y, como él, sólo había dado su nombre.

Había pensado constantemente en ella hasta esa noche unos días antes en que, mientras visitaba a unos familiares en Montana, había visto su rostro en la portada de una revista. Y era evidente que estaba embarazada.

De hecho, parecía a punto de dar a luz en cualquier momento. Dado que la revista era de octubre y estaban a primeros de diciembre, un millón de preguntas habían acudido a su mente. La primera de las cuales había sido si sería él el hombre responsable de su estado.

Esa noche habían usado protección, pero él sería el primero en reconocer que su pasión, su deseo de unirse a ella, había sido incontrolable. Y en el fondo de su cabeza tenía el recuerdo de que, al menos una de las veces, la relación había sido sin barrera; aunque tampoco estaba completamente seguro de si era verdad o simplemente fruto de su imaginación. Incluso aunque hubieran usado preservativo cada vez que habían hecho el amor, los preservativos podían tener fallos y cuando se hacía el amor tantas veces como lo habían hecho ellos, cualquier cosa era posible. Incluso un embarazo no deseado.

Ella era la única persona en el mundo que podía hacer que su cabeza se tranquilizara diciéndole si el niño era o no suyo. Si no lo era, ella debería haberse acostado con algún otro por las mismas fechas que con él. Eso era algo en lo que no quería pensar. Y si el niño era suyo, haría lo correcto, lo único que un Westmoreland haría si fuera lo bastante estúpido como para dejarse atrapar por una situación así. Le pediría que se casase con él para darle su apellido al niño. Después de un tiempo razonable, podrían solicitar el divorcio y seguir cada uno con su vida.

Soportaría tener una esposa durante un corto período de tiempo si no le quedaba otro remedio. Se había retirado hacía poco y estaba a punto de embarcarse en otra profesión. Había formado una sociedad con algunos de sus primos para abrir una cadena de oficinas de seguridad por todo el país.

No quería acordarse de que un matrimonio de conveniencia era como habían empezado las cosas entre su hermano Durango y su esposa, Savannah, y desde entonces estaban felizmente casados. Quade estaba contento de que las cosas les hubieran ido bien, sin embargo, la situación entre Cheyenne y él era diferente.

Durango se había enamorado de Savannah desde el primer momento en que la había visto en la boda de su primo Chase, pero en su caso había sido la lujuria lo que había guiado su deseo por Cheyenne aquella noche. Si hubiera habido algo más, se habría tomado el tiempo necesario para conocerla. Sólo había tenido una idea en la cabeza después de conocer a Cheyenne y había sido llevársela a la cama.

Uno de los inconvenientes que tenía su anterior trabajo eran los largos períodos que tenía que suspender su vida social. Había sido durante una de esas veces, cuando su testosterona estaba completamente fuera de control, cuando había conocido a Cheyenne. Llevaba mucho tiempo sin estar con una mujer y Cheyenne se había convertido en su objetivo para una relación de una noche.

Pero no pretendía dejarla embarazada, si era eso lo que había hecho. Así que ahí estaba, de camino a Charlotte, Carolina del Norte, para averiguar si él era el padre del niño. Había contratado a una empresa de detectives y descubierto no sólo que Cheyenne era su auténtico nombre, sino también que era modelo, y ésa era la razón por la que estaba en la portada de una revista. No debería haberle sorprendido enterarse de su profesión, dado que era la mujer más hermosa que había conocido en su vida. En la portada de esa revista, mostrando orgullosamente su embarazo a la cámara, seguía estando radiante y siendo guapa hasta quitar el aliento.

Quade notó cómo despegaba el avión. Se echó hacia atrás en su asiento y cerró los ojos, decidiendo que era un momento perfecto para revivir esas largas y apasionadas horas que había pasado en la cama con Cheyenne hacía cerca de nueve meses:

Quade sentía calor, estaba nervioso y no podía dormir.

Murmurando un juramento, salió de la cama y recorrió con la vista la habitación del hotel.

El presidente llegaría en dos días y Quade y sus hombres lo habían revisado todo, especialmente la ruta que recorrería la caravana de vehículos. Había oído rumores de posibles protestas, pero un portavoz del gobierno egipcio había contactado con él y le había dicho que ellos se encargarían de ese asunto.

Se preguntó si el bar de abajo seguiría abierto. Podría tomarse una copa para aplacar los nervios. Por alguna razón, ese lugar y dormir solo en esa cama le recordaba lo mucho que hacía que no tenía ningún contacto íntimo con una mujer. Demasiado.

En lugar de tomarse una copa, Quade decidió dar un paseo por la playa. Se puso unos vaqueros y una camiseta. Después de ponerse unas sandalias miró el reloj de la mesilla: era casi la una de la madrugada.

Según salía de su habitación, pensó en la conversación telefónica que había mantenido con su madre. Lo había dejado helado al contarle que su primo Clint se había casado.

Había visto a su primo unos meses antes en la boda de su hermano Spencer. Habían hablado. Clint había estado excitado. Se acababa de retirar como ranger de Texas para asociarse con Durango y un amigo de la infancia, McKinnon Quinn, en un negocio de cría de caballos. En ningún momento había mencionado Clint a ninguna mujer. ¿Y se había casado? Tenía que haber algo más que la historia romántica que le había contado su madre.

Se metió en el ascensor que lo llevaría seis pisos más abajo hasta el patio por el que se salía a la playa. La mayor parte del hotel estaba vacía. La mayoría de las habitaciones estaban reservadas por la visita del presidente. Su mujer viajaría con él junto a un determinado número de dignatarios. La visita duraría tres días y Quade trabajaría sin descanso entre bambalinas todo ese tiempo.

Respiró profundamente el aroma del mar y, tras dar unos pocos pasos, se quitó las sandalias para caminar por la arena. Sharm el Sheik era un lugar hermoso, un complejo turístico en la península del Sinaí pensado para ricos y famosos. Incluso a la luz de la luna podía ver los grandes hoteles de cinco estrellas que salpicaban la línea de costa.

Un buen número de sus hombres había pensado en quedarse unos días después de la visita del presidente para relajarse. Desgraciadamente, él no sería uno de ellos. Había prometido a su madre que volvería a los Estados Unidos a tiempo para hacer acto de presencia en el bautizo del hijo de su primo Thorn.

Quade tenía que admitir que siempre intentaba volver a Atlanta. Los Westmoreland eran un gran grupo y se estaba haciendo aún más grande con los recientes matrimonios y nacimientos. Además estaba la posibilidad de que encontraran más Westmoreland si la investigación genealógica que estaba haciendo su padre tenía éxito. Parecía que el gemelo que tenía su bisabuelo, y que todo el mundo creía que había muerto antes de los veinte años, Raphel Westmoreland, la oveja negra de la familia, en realidad se había fugado, aún vivo, a la edad de veintidós años con la mujer de un predicador. Tanto el padre de Quade como su hermano gemelo, James, estaban ansiosos por encontrar a cualquier descendiente de su tío abuelo Raphel.

Quade llevaba poco tiempo caminando por la orilla cuando de pronto notó un intenso anhelo en la boca del estómago y un incontenible deseo le recorrió el cuerpo.

Se detuvo y se dio la vuelta a mirar su rastro en la arena. Estaba oscuro y apenas podía ver porque la neblina cubría la tierra que tenía frente a él. Miró cauteloso alrededor mientras el deseo se profundizaba. Y entonces, unos segundos después, apareció una mujer entre la niebla.

Era la mujer más hermosa que había visto jamás.

Parpadeó para asegurarse de que los ojos no le jugaban una mala pasada. Recorrió con la mirada la longitud de su cuerpo, fijándose en los pantalones de lino blanco y la mata de pelo negro que flotaba libre alrededor de su rostro. Notó que su cuerpo respondía a su presencia. Trató de recuperar el aliento mientras se preguntaba qué le estaba pasando. ¿Por qué reaccionaba de ese modo?

La mujer lo había visto al mismo tiempo y notó la reacción de ella. Por la mirada que había en sus oscuros ojos estaba sintiendo algo muy parecido a lo que sentía él. Estaba atrapada por la misma fascinación sexual. Podía notarlo. Lo mismo que podía sentir la atracción hacia ella, especialmente hacia su boca. Tenía la clase de labios que hacía que sintiera deseos de hacer cosas sucias, lamerlos, saborearlos para siempre. Tenían la forma justa para besar y eran de un tipo que la lengua de ningún hombre se resistiría a acariciar.

—Sales muy tarde, ¿no? —se oyó preguntar con la necesidad de decir cualquier cosa antes de hacer algo de lo que se arrepentiría después.

Era conocido como un hombre de un autocontrol de acero, pero en ese momento no estaba seguro. Se sentía reducido a acero fundido.

—Podría decir lo mismo de ti —dijo ella.

Su acento indicó a Quade que era estadounidense. Hasta ese momento no había estado seguro. El sonido de su voz era suave y seductor, pero tuvo la sensación de que no era algo intencionado. ¿Sería alguien que debería conocer? ¿Una estrella de cine o algo así?

—No podía dormir —dijo él.

En ese momento notó el suave movimiento con que ella alzó los hombros y el modo en que la fina tela de su blusa se tensó alrededor de ellos mostrando un hermoso escote y unos pechos firmes. También vio su sonrisa; se le hizo un nudo en la garganta y se le cerró el estómago.

—Algunas noches no están hechas para dormir y ésta podría ser una de ellas —dijo en un tono de voz que avivó el deseo que le corría por las venas.

La respuesta de ella le hizo considerar la posibilidad de que estuviera flirteando con él. Si era así, había elegido un momento en el que él estaba dispuesto a aceptar el reto. Normalmente, no solía entrar en esos juegos con las mujeres, no importaba lo tentadoras que fueran. Tenía una lista de parejas habituales en Washington que ya estaban al tanto de sus costumbres. No tenía tiempo para relaciones serias y las mujeres con las que se acostaba lo sabían y lo aceptaban. No había ninguna mujer en el mundo que pudiera plantear una reclamación a Quade Westmoreland.

Suspiró preocupado preguntándose cómo recibiría ella la pregunta que estaba a punto de plantearle.

—Me llamo Quade. ¿Te gustaría subir a mi habitación a tomar una copa?

Ella dio un paso adelante, lo miró como si estudiara sus facciones a la luz de la luna y después recorrió con la mirada el resto de su cuerpo hasta volver a sus ojos de nuevo, lo que casi lo dejó sin respiración por segunda vez en esa noche.

—Y yo me llamo Cheyenne —dijo ella tendiéndole la mano—. Y me encantaría tomar una copa contigo.

En el momento en que sus manos se tocaron, Quade sintió que una descarga lo recorría hasta los dedos de los pies. Alzó las cejas confuso y se preguntó por qué se estaba comportando como un hombre desesperado por conseguir una compañera de cama. Un hombre sin ninguna clase de control. Un hombre de necesidades manifiestas. Y, francamente, no le importó mucho estarse comportando de ese modo. Tenía que dar un paso atrás o poner algo de sentido común en su cabeza.

En lugar de ello, aún con la mano de ella en la suya, se acercó más e inhaló su aroma.

—Vamos entonces —dijo él temiendo que cambiara de opinión—. Estoy en el Bayleaf —añadió mientras echaba a andar en dirección a su hotel.

Siguió dándole la mano mientras caminaba a su lado. Al principio fueron en silencio, hasta que ella dijo:

–Ésta no es una conducta habitual en mí.

Se volvió a mirarla.

–¿Qué no es habitual? –preguntó decidiendo que haría como si no supiera de qué hablaba.

–Irme con un hombre de este modo.

–Entonces –dijo aminorando el paso–, ¿por qué lo haces ahora?

La miró y vio la confusión que expresaban las facciones de su rostro. Estaba tan desconcertada como él.

–No lo sé. Simplemente he sentido una extraña conexión entre nosotros. Es como si te conociera, aunque no sea así. Por Dios, te he visto por primera vez hace apenas cinco minutos.

–Entiendo –dijo él y así era realmente.

Lo entendía porque él sentía lo mismo y tampoco tenía ni idea de por qué. Sólo sabía que la deseaba de un modo en que jamás había deseado a otra mujer. Era como si su naturaleza sensata estuviera siendo reemplazada por una necesidad que no podía describir. Era una necesidad, un deseo que estaba dominando su sentido común.

–¿Qué te ha traído a Egipto?

La pregunta de ella, hecha en voz suave, hizo que lo recorriera un estremecimiento. No podía contarle la auténtica razón de su viaje. Nadie, ni siquiera su familia, conocía con detalle lo que hacía para ganarse la vida. La miró.

–Principalmente negocios. ¿Y a ti?

Lo miró y le sostuvo la mirada.

–Lo mismo, negocios.

No estaba seguro de que le estuviera diciendo la verdad y una parte de él pensó que no lo estaba haciendo, pero decidió que no le quitaría el sueño que ella mantuviera un secreto, dado que él estaba haciendo lo mismo.

De pronto, se le hizo evidente que había una pregunta que tenía que plantearle. Se detuvo y ella automáticamente hizo lo mismo y lo miró con gesto interrogativo.

–Veo que no llevas ningún anillo, pero hoy en día eso no significa nada. Creo que debo preguntártelo para estar seguro: ¿estás casada?

Hubo algo en su mirada que, de algún modo, le dijo cuál iba a ser su respuesta antes de que dijera nada.

–No, no estoy casada, ¿y tú?

–No.

Ella asintió y supo al momento que ella le había creído. Era difícil de aceptar que confiara en él tan fácilmente cuando él siempre encontraba casi imposible confiar en nadie fuera de su familia y el círculo más cercano de amigos.

Vio que el patio de donde partía el ascensor estaba a pocos metros de distancia. Miró al mar y supo que ella había seguido su mirada. Soplaba una suave brisa, una brisa seductora y había algo manifiestamente sensual en el modo en que las olas rompían en la orilla.

Volvió a mirarla y sintió una oleada de calor recorrer sus venas. Su mano, la que seguía agarrando, estaba caliente. Le miró el rostro detenidamente, estaban en una zona iluminada y podía verla mejor. Verlo todo. Sus cejas perfectas, altos pómulos y el pelo revuelto la hacían aún más atractiva.

Además estaban esos ojos oscuros que le devolvían la mirada y que actuaban como imanes que lo atraían mientras la miraba en silencio. Era más joven de lo que en un principio había pensado.

—¿Cuántos años tienes? —se oyó preguntar.

Habría dicho que a ella no le había gustado mucho la pregunta y la miró mientras cuadraba los hombros.

—Tengo veintiocho, ¿y tú?

Siguió sosteniéndole la mirada y sintió que se le dibujaba una sonrisa en los labios cuando dijo:

—Treinta y seis.

—Es una bonita edad —dijo ella.

—¿Para qué? —no pudo evitar preguntar.

—Para ser un hombre que sabe lo que quiere.

Tenía razón. De hecho, quería demostrarle lo acertado de su afirmación. Decidió que era el momento de ponerse serio, le apretó un poco la mano y tiró de ella para acercarla y que su suave cuerpo presionara contra la dureza del suyo. Quería que ella se diera cuenta de lo que provocaba en él. De cuánto la deseaba. Lo excitado que estaba. Y se dio cuenta del momento exacto en que ella se había enterado.

Quade vio el brillo de ser plenamente consciente que iluminó sus ojos y cómo se humedeció los labios con la punta de la lengua. Sintió un repentino calor y un deseo urgente de besarla.

Bajó la cabeza y sus labios se acercaron a los de ella como si fueran un imán. Entonces, lentamente, sus labios conectaron y en el momento en que lo hicieron una descarga de potente deseo recorrió hasta el último rincón de su cuerpo. Ese autocontrol de acero empezó a disolverse cuando sus lenguas se encontraron al profundizar el beso. Oyó cómo ella gemía y al poco él hizo lo mismo.

No podía romper el beso, no podía hacer que su boca dejara de devorarla de un modo en que jamás lo había hecho con otra mujer. Era como si su sabor fuera algo que necesitara, algo que tenía que poseer. Y no ayudaba que ella respondiera tan bien. Apasionadamente. Deseosa.

Aunque podría haberse parado ahí y haberla besado eternamente, sabía que quería que las cosas pasaran al siguiente nivel. Su mente estaba llena de ideas sobre puro placer. Su cuerpo estaba sintonizado con el deseo de sexo. Pero también sintió algo más, algo a lo que no podía ponerle un nombre que le hubiera obligado a ser cauto. Pero el deseo era demasiado poderoso y lo tenía dominado.

Reacio, separó su boca de la de ella y la miró

con la respiración entrecortada. La miró cerrar los ojos como si estuviera intentando recuperar la compostura, un mínimo de control. Él no quería que hiciera nada de eso.

–¿Estás segura de que quieres entrar conmigo? –preguntó cuando ella volvió a abrir la boca.

Le soltó la mano para dejarla decidir. Sabía perfectamente lo que pasaría cuando estuvieran en su habitación.

Se miraron y casi deseó que ella se atreviera a romper el contacto. No lo hizo. En lugar de eso le pasó los brazos por el cuello y tiró de él hasta que notó su aliento en la boca.

–Sí –dijo ella después de un momento–. Sí, estoy segura.

Y después, poniéndose ella de puntillas, volvieron a unir sus bocas.

Capítulo Dos

—Cheyenne, podrías, por favor, dejar de ser tan testaruda y difícil.

Cheyenne Steele puso los ojos en blanco, pero no dejó de enfrentarse a sus hermanas, que se habían unido para convencerla de que pensase como ellas. En otra ocasión habría cedido para que la dejasen en paz, pero esa vez no. Aunque en su familia la seguían tratando como a una niña, en ese momento tenía un niño suyo. No, se corrigió rápidamente, tenía niños propios. Tres.

Aún le asombraba que hacía ocho semanas hubiera dado a luz trillizos. Su médico había sospechado de antemano la posibilidad de un parto múltiple, y la ecografía había confirmado sus sospechas. Se había quedado conmocionada. La familia Steele era absolutamente feliz. Y había dejado que la convencieran de que tenía que volverse a Carolina del Norte para estar con su familia cuando llegara el momento de dar a luz.

La principal razón por la que había accedido era porque quería que sus bebés nacieran en los

Estados Unidos y no en Jamaica, donde vivía desde hacía tres años. Como modelo profesional iba de un sitio a otro, y en una sesión fotográfica en Jamaica había visto lo que consideró la casa de sus sueños y no había tardado mucho en comprarla.

El problema que tenía en ese momento con sus hermanas era que, una vez que el médico había dado su autorización para que los trillizos viajaran, quería volver a su casa de Jamaica. Quería que fuera a primeros de año.

—Sé realista, Cheyenne —decía su hermana Taylor—. Hacerse cargo de un bebé no es fácil, y tú tienes tres. Vas a necesitar ayuda.

Cheyenne frunció el ceño. El problema que tenía con su familia era el mismo de siempre. Al ser la menor de tres hermanas, nadie quería reconocer su capacidad. Por eso se había marchado de casa después de graduarse en el instituto para ir a la Universidad de Boston y sólo volvía de visita. Por consejo de Taylor, que era la asesora financiera de la familia, había comprado una casa en Charlotte unos años antes como inversión. Esa adquisición le posibilitaba hacer largas visitas a la familia sin renunciar a su intimidad.

—Tendré ayuda —dijo mientras sacaba un plato de ensalada de la nevera—. Mi ama de llaves estará allí y he contratado a una niñera para que me ayude.

—Pero no es lo mismo que tener cerca a tu familia —replicó Vanessa.

Cheyenne cerró la puerta de la nevera y se apoyó contra ella. Miró detenidamente a las dos jóvenes que le daban tantos argumentos para que no volviera con los bebés a Jamaica. Sus hermanas eran guapas, tanto interior como exteriormente, y aunque estaban poniéndola muy nerviosa, eran las mejores hermanas del mundo.

Vanessa, la mayor, de veintiocho años, tras graduarse en la Universidad de Tennesse había vuelto a Charlotte para trabajar en el multimillonario negocio de manufacturas de la familia con sus cuatro primos: Chance, Sebastian, Morgan y Donovan. Vanessa se había casado con un guapo hombre llamado Cameron Cody.

Taylor era la segunda, de veintiséis años. Había decidido no volver a Charlotte para trabajar en la empresa familiar después de acabar sus estudios. En lugar de eso se había establecido en Nueva York como directora de un importante banco. Taylor también estaba casada con un hombre guapo y maravilloso llamado Dominic Saxon y ambos esperaban su primer hijo en unas semanas. Taylor y Dominic habían fijado su residencia en Washington D.C., aunque viajaban bastante.

—Las dos sabéis cómo me siento cuando intentáis hacer de madres conmigo. Creo que no deberíais hacerlo —dijo, e inmediatamente vio la culpabilidad en sus rostros.

Aunque sabía que querían lo mejor para ella,

estaban rompiendo la promesa que le habían hecho cuando había cumplido veintiún años de dejarle vivir su vida, a pesar de los errores que pudiera cometer en el camino. Habían cumplido esa promesa... hasta ese momento.

–Sé que hacerse cargo de los bebés no será fácil –dijo ella–, pero estoy decidida a hacerlo. Gracias a ti, Taylor, tengo el dinero suficiente como para no tener que trabajar en los próximos ocho meses o más. La agencia de modelos conoce mis planes y me conceden el tiempo que necesito. Además, vendremos a haceros visitas frecuentemente. Y prometo no marcharme antes de que nazca tu bebé, Taylor, así que podéis relajaros las dos. No pienso fugarme por la noche.

Vio las sonrisas que se dibujaron en sus rostros. Después Vanessa dijo:

–Voy a echar de menos a mi sobrino y mis sobrinas. Me siento muy unida a ellos.

–Entonces espero que vengas a visitarnos con frecuencia. Como Cameron ha comprado esa casa al lado de la mía, eso facilita mucho las cosas.

–Sí, así es –dijo Vanessa entre risas.

Cheyenne miró entonces a su otra hermana y se imaginó que le rondaba algo por la cabeza. Normalmente Taylor solía mantenerse fuera de los asuntos de los demás, sobre todo porque no permitía que nadie se metiese en los suyos. Pero últimamente, y parecía que con bastante frecuencia, tendía a hacer preguntas que nadie, ni siquiera su madre, sus primos o Vanessa se atrevían a hacer. Cheyenne tenía cierta sospecha sobre qué había en la cabeza de Taylor y no sería la primera vez que se lo preguntara en los últimos diez meses.

—De acuerdo, adelante, Taylor, pregunta.

Taylor frunció el ceño mientras se frotaba ausente el estómago.

—¿Por qué? ¿Para que vuelvas a decirme otra vez que no es asunto mío?

—Umm. Adelante, pregunta. Puede que esta vez te sorprenda.

Vio las dudas en los ojos de Taylor, pero sabía que no podría resistirse.

—De acuerdo, quiero saber quién es el padre de mis tres sobrinos.

Cheyenne cerró los ojos un instante y vio el rostro del hombre tan claramente como si lo tuviese delante de ella. Sus rasgos estaban profundamente grabados en su memoria y se quedarían ahí para siempre. Y tenía la sensación de que su hijo iba a ser un recordatorio constante de él. Aunque las niñas habían heredado muchos de los rasgos indios de la madre de Cheyenne, su hijo había salido a su padre. Lo había pensado en el mismo instante en que se lo habían puesto entre los brazos. Tenía los ojos oscuros de su padre con las cejas inclinadas, la nariz redonda y lo que ya apuntaba sería una barbilla testaruda. Pero lo que había notado de inmediato había sido la forma de la boca. Definitivamente era la de su padre. Ella la habría reconocido después de las incontables veces que la unió a la suya en esa única noche. No había habido ninguna duda en su cabeza esa noche en particular, lo mismo que no la había en ese momento, de que Quade era el hombre más guapo que había conocido. Y su madurez lo hacía más destacable. No había jugado con ella, pero ella con él sí... al menos al principio.

Le había mentido sobre su edad, diciéndole que tenía veintiocho años en lugar de veintitrés. Había temido que, si le decía la verdad, se marchara, y no podía permitir que eso sucediera. Se había sentido atraída por él de un modo que nunca antes había experimentado y quería explorar lo que significaba esa atracción.

−¿Cheyenne?

Abrió los ojos de par en par y se encontró a sus dos hermanas mirándola.

−De acuerdo. Se llama Quade y lo conocí en Egipto. Fue una aventura de una noche −notó que su última afirmación no había sorprendido a sus hermanas, seguramente porque ellas habían hecho lo mismo alguna vez en su vida.

−¿Y cuál es el apellido de Quade? −preguntó Vanessa por encima del vaso de zumo.

−No lo sé −se encogió de hombros Cheyenne−. Estábamos más interesados en el cuerpo del otro que en su apellido.

Ninguna de las dos hermanas dijo nada hasta que Taylor preguntó:

–¿Estás segura de que no estaba casado?

Cheyenne respiró hondo.

–Dijo que no lo estaba, pero no estoy completamente segura sobre nada de él, así que puede haberme mentido en alguna cosa. Sin embargo, creo que decía la verdad respecto a que no estaba casado.

–¿Y tú sobre qué mentiste? –preguntó Vanessa.

Cheyenne se apartó de la nevera y se acercó a la pila a dejar su taza de té.

–Sobre mi edad –dijo dándose la vuelta para mirar a sus hermanas y ver su expresión–. Le dije que tenía veintiocho años y no veintitrés –vio que sus gestos se tensaban.

–¿Y crees que te creyó? –preguntó Taylor.

–Sí, esa noche había ido a dar un paseo por la playa después de un largo día posando para las fotografías. Seguía con el maquillaje, lo que seguramente me hacía parecer mayor.

Vanessa puso los ojos en blanco y resopló.

–O se figuró que tenías edad suficiente para acostarse contigo y lo demás no le importó.

Cheyenne se rió suavemente y dijo:

–Si se imaginó eso, tenía toda la razón. Lo vi y lo deseé tanto como él a mí.

No pudo evitar recordar esa noche. Hasta el más mínimo detalle ardió en su cabeza. Nunca en su vidá había deseado a un hombre tanto como a él, y a primera vista. Su atracción había sido instantánea, su rendición definitiva y las siguientes diez horas habían sido de quitar el aliento, las mejores horas que había pasado en los brazos de un hombre. Aunque su experiencia era limitada comparada con la de algunas mujeres, con aquéllos que podía comparar, la diferencia era abismal. Quade la había hecho rogar, gritar y sentirse atrapada por una pasión de lo más intenso. Había estado literalmente a su merced durante toda la noche.

—¿Cheyenne?

Fue en ese momento cuando se dio cuenta de que sus hermanas habían estado intentando atraer su atención.

—¿Qué?

—Ya sé que te lo he preguntado antes; cuando estabas de siete u ocho meses y te interrogué sobre si ibas a intentar localizar a ese tipo y me dijiste que no. ¿Has cambiado de opinión sobre eso? —preguntó Vanessa.

—No —dijo Cheyenne sacudiendo la cabeza—. Fue un lío de una noche y él no esperaba nada más que... que lo que obtuvo, lo que los dos obtuvimos: un placer extraordinario. No le reprocho haberme dejado embarazada. Se puso un preservativo cada vez. Yo lo vi. Supongo que alguno estaría defectuoso.

—Creo que eso es un eufemismo. Tuvo que ser

una noche impresionante para haber encargado unos trillizos.

–Lo fue –se acercó a donde estaban ellas–. Me ha costado mucho convencer a mamá de que podía hacerme cargo de todo esta noche yo sola, y ahora quiero que vosotras dos hagáis lo mismo. La cena ha sido estupenda y aprecio que hayáis venido las dos, pero quiero descansar algo antes de que se despierten los bebés. Siguen durmiendo y si cumplen el horario, sólo tendré que darles de comer a las seis.

–¿Y qué pasa si los tres quieren comer a la vez? –preguntó Vanessa con aspecto de estar alarmada por la perspectiva de que su hermana cuidara sola de sus tres hijos.

Habían estado turnándose para estar con ella desde que había salido del hospital. Incluso las esposas de Chance, Sebastian y Morgan habían entrado en los turnos. Tanto Jocelyn como Lena, esposas de Sebastian y Morgan, estaban embarazadas y habían puesto la misma excusa que Taylor: adquirir algo de práctica.

–Si eso ocurre, entonces dos tendrán que esperar su turno. Tendrán que empezar a aceptar la rutina en algún momento –dijo Cheyenne con una sonrisa.

La única bendición hasta el momento era que las niñas habían empezado a dormir toda la noche. El niño, sin embargo, era otra historia.

–Vamos, Taylor, dejémosla ya que está decidida a tomar las riendas –dijo Vanessa con una carcajada.

Sacó de la cocina a una Taylor muy embarazada y fueron al cuarto de estar.

–Sólo así puedo dormir algo –dijo Cheyenne–. Además, si os quedáis más tiempo, vuestros mariditos vendrán a buscaros.

Las tres sabían que era cierto. Cameron, el marido de Vanessa, viajaba mucho y cuando estaba en casa raramente se separaba de ella. Y, dado que Taylor daría a luz la primera semana de enero, Dominic también estaba muy encima.

Después de que sus hermanas se marcharon, Cheyenne fue a echar un vistazo a los bebés. Cada uno estaba en una cuna en una habitación decorada con motivos del Arca de Noé creados por Sienna Bradford, una decoradora de interiores que era la mejor amiga de Vanessa desde el colegio. Sienna, que había tenido un niño el año anterior, se había ofrecido a decorar el cuarto.

El anuncio de Cheyenne de que iba a tener trillizos había sembrado la excitación en la familia Steele, ya que no había antecedentes de partos múltiples. Más de una vez se había preguntado Cheyenne por el padre de sus bebés. ¿Tendría un historial de partos múltiples en su familia?

El médico le había planteado una serie de preguntas sobre el hombre que era el padre de los niños y no había sido capaz de responder a ninguna de ellas. No le había llevado mucho tiempo llegar a la conclusión de que la había dejado embarazada un hombre al que no conocía mucho.

Disfrutando de ese escaso momento de tranquilidad que le dejaban los bebés, decidió tumbarse en el sofá en lugar de en la cama. Se quitó los zapatos para echarse con la confianza de que sería capaz de ocuparse ella sola de los tres. El intercomunicador estaba en la mesita de café y la alertaría si se despertaban.

Había hablado con Roz Henry, su agente y buen amigo, y había entendido totalmente la decisión de Cheyenne de dejar al margen su carrera de modelo una temporada hasta que los niños fueran un poco mayores. En ese momento la idea de dejarlos con alguien mientras ella viajaba, no le parecía posible; y tampoco podía llevar con ella una niñera para que se ocupara de los bebés. Quería quedarse en casa un par de años para ocuparse de los niños y con sus inversiones no tendría problema para hacerlo.

La casa estaba en silencio y Cheyenne notó que le pesaban los párpados. Había sido día de colada. Había lavado la ropa de los bebés y aún tenía que doblarla. Su madre la había animado a salir y hacer algo mientras ella se quedaba con los bebés, y ella había aceptado la oferta y aprovechado para ir a la peluquería y había pensado en hacerse la manicura, pero había empezado a echar de menos a los niños y había vuelto a casa corriendo.

Se le cerraron los ojos y pensó en el padre de las criaturas. «Quade».

Era un nombre poco frecuente y no pudo evitar preguntarse si sería real. Que lo fuera o no, carecía de importancia en ese momento, pero sí podía tenerla cuando sus hijos crecieran y preguntaran por su padre. ¿Qué demonios les iba a decir?

«La verdad», dijo una voz en su cabeza. Les diría la verdad e incluso los ayudaría a buscarlo algún día si era lo que querían hacer. Con sólo el nombre sería como buscar una aguja en un pajar, pero estaba convencida de que, incluso con la limitada información de que disponía, podría encontrar a ese hombre. Durante el embarazo se había divertido con la idea de contratar a un detective privado para localizarlo, pero había considerado la posibilidad de que, dadas las circunstancias, él podía no querer ser localizado. No a todos los hombres les encantaba la idea de ser padres, y él lo había sido tres veces de golpe.

Pensar en Quade le hacía desear revivir aquella noche y su mente volvió atrás en el tiempo hasta una noche que había cambiado su vida para siempre:

***

30

La abrazó en el momento en que entraron en la habitación del hotel y cerró la puerta tras ellos. La besó deslizándole la lengua dentro de la boca mientras hundía los dedos en su pelo para besarla más profundamente, incluso con más fuerza que los dos besos que se habían dado en la playa.

Ella le devolvió el beso ansiosa pensando que era muy diestro. Era tan hábil que casi se le doblaban las rodillas. Cuando estaba convencida de que se derretiría entre sus brazos, interrumpió el beso, dio un paso atrás y, mientras él la miraba firme, se bajó la cremallera de los vaqueros.

Lo miró quitarse los pantalones simulando un número de striptease. Se quitó toda la ropa menos los boxer negros. «Atractivo» era una palabra demasiado suave para describir cómo estaba en ese momento. Tentador le hubiera hecho más justicia. Tenía los hombros anchos y masculinos y un vientre firme y tenso. Lo que más la llamó la atención fueron los espesos rizos negros que le cubrían el pecho, bajaban por el abdomen y se perdían bajo el borde de los boxer. Deseó acariciar esos rizos del pecho antes de recorrer el camino de bajada.

Y cuando se bajó los boxer dejando libre esa parte de su cuerpo que había estado presionando contra la tela, hizo que a ella se le abrieran los ojos de par en par.

Tragó saliva sin dejar de mirarlo. Hipnotizada. Nunca le había parecido un hombre tan hermoso, tan asombroso, tan guapo. No parecía tener ningún problema en permanecer allí de pie desnudo y completamente excitado delante de ella.

–Ahora tu ropa –dijo él haciendo que fuera completamente consciente de lo que esperaba que hiciera ella.

De hecho, dio unos pasos atrás y se sentó en la cama a mirarla. El modo en que le clavaba los ojos la puso nerviosa, pero no de un modo incómodo. Era el tipo de nerviosismo que intensificaba la sensibilidad de sus terminaciones nerviosas y la hacía estar incluso más pendiente de él. Debido a su profesión estaba acostumbrada a vestirse y desvestirse deprisa, pero nunca lo había hecho para un público, más específicamente para un hombre. La idea de hacerlo para él hizo que la recorriera una inexplicable sensación de excitación.

Sintiéndose audaz y caliente sostuvo la mirada de él mientras se quitaba la blusa y oía su respiración entrecortada y veía cómo se le oscurecía la mirada al darse cuenta de que no llevaba sujetador. Había recibido muchos cumplidos por la forma y el tamaño de sus pechos, especialmente de otras modelos. Eran la clase de pechos que las mujeres trataban de imitar con intervenciones quirúrgicas. Se sentía orgullosa de que los suyos fuesen naturales.

Se quitó las sandalias y después se bajó lentamente los pantalones sabiendo que él observaba cada movimiento. Se quedó sólo con una prenda, la ropa interior, un tanga que no dejaba casi nada a la imaginación. Prácticamente todo estaba a la vista, expuesto ante sus ojos, y por alguna razón no se sintió incómoda cuando la mirada de él se deslizó hasta el centro de su feminidad con una intensidad que le hizo sentir calor en la piel.

–Ven aquí, Cheyenne.

Pronunció su nombre en un tono ronco que la penetró hasta los huesos y le hizo ser consciente de cuánto la deseaba él y cuánto lo deseaba ella. Su lado femenino anhelaba conectarse con él del modo más íntimo.

Una sonrisa sexy se dibujó en los labios de él mientras le tendía la mano. Descalza cruzó lentamente la habitación y él separó las piernas para que ella pudiera quedarse de pie entre ellas. Después la acercó a él para poder hundir el rostro entre sus pechos y oler su aroma. Y entonces notó la húmeda punta de su lengua en los pezones. Una oleada de sensaciones la recorrió, cálida e intensa, y automáticamente lo agarró de los hombros para no caerse.

La avidez con que su boca devoraba sus pechos le hizo echar la cabeza hacia atrás y liberar el aire que había estado reteniendo. Siguió chupándole los pezones con una intensidad que le hizo sentir toda clase de placeres en un punto entre las piernas. Notó que se ponía húmeda y justo cuando pensaba que no podría soportarlo más, sintió que él bajaba la mano hacia esa zona. Y cuando la tocó ahí, experimentó que el calor irradiaba hacia su interior mientras la acariciaba.

Separó más las piernas para él, permitiéndole el acceso a todo lo que quería, y la penetró con los dedos y empezó a explorar su sensible carne. Al principio la acarició con suavidad, caricias como de pluma para que se sintiera cómoda con la invasión, y después con caricias más ardientes que le arrancaron gemidos de placer.

Nada ni nadie le había hecho sentirse así antes. Su cuerpo entero se derretía de necesidad. Y si alguien le hubiese dicho que estaría en la habitación de un hotel con un hombre a quien acababa de conocer en la playa, no se lo hubiera creído jamás.

Sabía, dada su profesión, que a la mayor parte de la gente le costaría creer que apenas tenía experiencia sexual. Había habido un tipo en la universidad y otro del que se había creído enamorada mientras trabajaba en Philly como reportera de televisión. Pero en lo referente a la cama, ninguno había tenido ni idea de lo que era compartir. Ambos habían buscado sólo el cubrir sus propias necesidades.

Quade era el primer hombre con el que mantenía relaciones íntimas en cuatro años. No había hecho ningún esfuerzo consciente por mantenerse abstinente, simplemente las cosas habían salido así.

Pero aquello era diferente. Se había sentido intensamente atraída por él desde el principio, tan intensamente que podía verse haciendo el amor allí mismo en la playa si él lo hubiera querido así.

Repentinamente él se echó hacia atrás, sacó su mano de su interior y ella experimentó una inmediata sensación de pérdida. Lo miró a los ojos y vio cómo se metía en la boca el dedo que había tenido dentro de ella y lo chupaba como si fuera una piruleta de su sabor favorito, haciéndole saber de ese modo lo mucho que estaba disfrutando de su sabor. Ver lo que hacía hizo que se le tensaran los músculos de las piernas y se disparara su deseo.

Quade se puso en pie y ella se sintió levantada entre sus brazos y colocada en la cama. Se inclinó sobre ella y agarró la cinta del tanga con los dedos, lo bajó lentamente por las piernas. En lugar de arrojarlo a cualquier sitio, se lo llevó al rostro e inhaló profundamente como si necesitase conocer su aroma más íntimo. Ella no podía dejar de mirarlo.

Y mientras estaba allí echada, su cuerpo completamente desnudo expuesto a su mirada, para placer de él, las manos de Quade empezaron a recorrerla desde los dedos de los pies, se detuvieron en su centro, demorándose en su monte de Venus como si su visión lo fascinara. Se quedó sin respiración cuando empezó a acariciarla entre las piernas antes de deslizarle de nuevo un dedo dentro, comprobando su humedad, haciéndole gemir y gritar.

—Quade —pronunció su nombre con un profundo gemido—. Te deseo —y así era.

Cada célula de su cuerpo vibraba de pura necesidad.

–Voy a cuidarte, te lo prometo –dijo sin dejar de acariciarle incrementando la tensión en el interior de ella–. Pero si no te saboreo ahora mismo, voy a volverme loco.

Aguantó la respiración mientras él se deslizaba hacia abajo por la cama y depositaba un cálido beso en su vientre antes de ponerse sus piernas sobre los hombros colocándose cara a cara con su sexo. Estaba tan cerca que podía sentir su cálido aliento en los hinchados labios de su feminidad. Cerró los ojos y dejó escapar un profundo rugido en el momento en que notó su lengua en su piel, y entonces empujó con ella y empezó a describir con ella firmes y fuertes caricias, después entró un poco más, cada vez más, una y otra vez.

Descubrió que era metódico e intenso con sus besos sin importar el lugar en que se los diera. Manteniendo los labios firmemente unidos a los suyos usaba la lengua de un modo que ella no sabía que pudiera hacerse, llegando con ella a sitios que no sabía que podía alcanzar y dándole el beso de tornillo más íntimo posible mientras la devoraba glotón.

Gritó cuando el clímax la golpeó con la intensidad de un choque de trenes. Sintió que su cuerpo se hacía pedazos mientras se llenaba de un placer que no había sentido en la vida.

Sintió que él la dejaba momentáneamente, la

miraba con ojos ardientes mientras buscaba en el bolsillo de su pantalón y sacaba un preservativo. Lo miró ponérselo antes de volver con ella a la cama y colocarse entre sus temblorosos muslos donde aún latía la conmoción de un gigantesco orgasmo.

Se inclinó hacia delante, la besó y ella pudo saborear en sus labios su propia esencia y entonces sintió el extremo de su duro y grueso sexo presionar en su húmedo centro. Anhelaba el contacto, estaba casi desesperada por la conexión y se consumía por el calor que generaba el deseo por ella y el suyo por él. Notaba que dentro de ella crecía una necesidad, una necesidad que hacía latir el centro de su feminidad. Y como si él notara esa necesidad, interrumpió el beso, la miró a los ojos y empezó a entrar en ella.

Sus miradas siguieron enlazadas, conectadas mientras penetraba cada vez más dentro de ella, ocupando todo su espacio, llenándola con su pura esencia. Estaba extremadamente tirante y por un momento leyó en los ojos de él una pregunta a la que decidió responder antes de que la planteara.

—No. Sólo es que ha pasado mucho tiempo —explicó.

Esperó que sus palabras hubieran disipado cualquier duda que tuviera sobre que fuera virgen.

—Entonces tendremos que compensar todo ese tiempo perdido —dijo con voz ronca entrando lentamente un poco más, llenándola.

—Estamos perfectamente juntos —dijo ella y en ese momento se dio cuenta de lo incrustado dentro de ella que estaba.

Completamente. Sus cuerpos estaban tan unidos como podían estarlo. Estaban allí tumbados, él encima de ella, dentro de ella, mientras se miraban, disfrutando de lo que sucedía y de lo que llegaría después.

—Voy a ir despacio para hacer que dure —susurró él un segundo antes de empezar a moverse flexionando las caderas mientras ella alzaba los muslos para que la penetración fuera más profunda.

Empezó con empujones lentos como había dicho que haría. Después el tempo cambió, el ritmo empezó a acelerarse y empezó a cabalgar más deprisa, con más intensidad, con una penetración incluso más profunda. Quade echó la cabeza hacia atrás y un sonido gutural se escapó de las profundidades de la garganta. Su cuerpo estaba en sintonía con el de él. Con cada embestida, y notó que las sensaciones empezaban a llenarla, a superarla hasta que sintió otra explosión en su interior.

Le clavó las uñas en los hombros, gritó su nombre cuando notó que todo se rasgaba en su interior, encendiendo cada terminación nerviosa, cada célula. Notaba cada cabello en la cabeza, cada íntimo músculo ciñéndose contra él, cerrándose mientras él seguía entrando en ella con una intensidad que le provocó otro clímax. Gritó su nombre otra vez al mismo tiempo que él gritaba el suyo. Y lo sintió estremecerse dentro de ella, en realidad notó el preservativo expandirse por la fuerza de su liberación.

Pasó un tiempo antes de que la sensación empezara a perder intensidad. Se inclinó sobre ella y la besó deslizándole la lengua en la boca moviéndola del mismo modo que había hecho en su sexo y haciéndole llegar otra vez así de fácilmente. En toda su vida había disfrutado de un placer tan puro, tan profundo, de una satisfacción tan intensa.

Momentos después, tras abandonar su boca, ella respiró hondo sintiéndose completamente saciada. Y entonces Quade se levantó suavemente y la miró a los ojos. En ese momento algo ocurrió en su interior. Después, lentamente, él bajó la cabeza mientras sus dedos la acariciaban en la mejilla y a los pocos segundos volvía a besarla mientras le susurraba que él no había tenido suficiente y que quería más.

No pudo evitar reconocer que ella tampoco había tenido suficiente y que lo deseaba de nuevo. Al sentir que volvía a tenerlo dentro, pensó que lo que habían compartido era sólo el principio...

El sonido del timbre de la puerta interrumpió el sueño de Cheyenne. Abrió los ojos molesta por la intromisión. Se puso en pie y trató de recuperarse del sensual sueño. Cuando volvió a sonar el timbre, se acercó rápidamente a la puerta. Lo último que quería era que se despertaran los niños. Seguro que era uno de sus primos que periódicamente se pasaban para comprobar que todo iba bien. Tenía que reconocer que eran concienzudos y que siempre habían sido protectores con ella.

Miró por la mirilla y parpadeó. Abrió los ojos de par en par y volvió a mirar. Acababa de soñar con el padre de sus bebés y la cabeza le estaba jugando una mala pasada. Era imposible que estuviera allí fuera. El sol se había puesto y la persona estaba de pie en una zona de sombra del porche, así que no podía ver bien su rostro. Pero por la estructura de su cuerpo... sobre todo esos anchos hombros... Le recordaba demasiado a Quade. Su amante de una sola vez. El hombre que era una parte recurrente de sus sueños.

Le costó encontrar la voz, pero al final pudo preguntar temblorosa:

—¿Quién es?

—Quade.

Se apoyó en la puerta y se quedó sin respiración. ¿Qué hacía allí? ¿Se habría enterado de lo de los niños?

—Cheyenne, tengo que hablar contigo.

Su voz era como recordaba. Sabía que no podía dejarlo allí fuera, así que reunió fuerzas y lentamente empezó a abrir la puerta mientras se preguntaba cómo se iba a enfrentar a verlo cuando sólo pensar en él hacía que notara escalofríos de deseo.

La puerta se abrió y se encontró con su mirada. Le costaba creer que aquello no fuera un sueño, que estuviera allí en realidad, de pie frente a su puerta, en carne y hueso. El aire que los rodeaba de pronto se cargó, lo mismo que aquella noche. Y no pudo evitar notar que, lo mismo que esa noche, el cuerpo de él estaba enfundado por unos vaqueros y una camisa. Ambos desprendían una sensualidad que le calentaba la piel y encendían un profundo deseo. Era tan guapo como recordaba. Incluso más.

Para empeorar las cosas, la miraba del mismo modo que lo había hecho en la playa y no había que ser una genio para reconocer que esa mirada era de puro deseo. Como la vez anterior, estaba haciéndose con ella sin ningún esfuerzo y se moría por tocarlo mientras intentaba convencerse de que eran sus hormonas que estaban fuera de control y haciéndole desear algo que en realidad no quería y, definitivamente, no necesitaba.

Respiró profundamente para relajarse y controlar la conmoción que le había provocado verlo. Estaba decidida a averiguar por qué estaba allí mientras rechazaba la idea de que se hubiese enterado de lo de los trillizos.

–¿Quade? No sé qué haces aquí –se oyó decir–. No esperaba volverte a ver.

Siguió mirándola.

41

—Tampoco lo esperaba yo —dijo con voz masculina pero suave–, pero te vi en la portada de una revista. Y estabas embarazada.

Se pasó la lengua por los labios nerviosa pensando adónde llevaría esa conversación. Una parte de ella se arrepentía de haber dejado a Roz convencerla para hacer esa portada. ¿Y qué demonios hacía él mirando una revista de embarazadas?

—Quiero saber una cosa.

Cheyenne sabía lo que quería, pero hizo la pregunta de todos modos prefiriendo no hacer suposiciones.

—¿Qué quieres saber?

—¿Has tenido un hijo mío?

Capítulo Tres

Quade sintió tensión en su interior, no sabía cuál sería la respuesta de Cheyenne, ni siquiera estaba seguro, por el modo en que lo miraba, de que le diera alguna. El problema era que no pensaba irse hasta que se la diera.

Hasta ese momento jamás había pensado en la posibilidad de ser padre. De hecho, una mujer e hijos no estaban entre la lista de objetivos que lograr en la vida. Le parecía ya bastante el trabajo que hacían sus hermanos y sus primos reproduciéndose y llenando la tierra de más Westmoreland. Sin embargo, si él era el padre del hijo de ella, entonces asumiría toda la responsabilidad y cuanto antes lo supiera, mejor.

–Los Westmoreland asumen completamente las responsabilidades de sus actos –dijo como si eso lo explicase todo.

Trataba de controlar el hormigueo que sentía en el bajo vientre desde que ella había abierto la puerta. Y cuando lo miró con las cejas perfectamente arqueadas, el hormigueo creció.

–¿Westmoreland? ¿Es ése tu apellido? –preguntó ella.

La miró detenidamente para ver qué había en ella diferente respecto de aquella noche. Parecía mucho más joven de los veintiocho años que decía tener y el color de sus ojos resultaba más oscuro de lo que recordaba. Pero los labios, redondos y tentadores, eran tan lujuriosos como recordaba. Llevaba unos vaqueros y una camiseta que se ceñía sobre los firmes pechos. Su cintura era estrecha, no parecía la de una mujer que hubiera dado a luz un niño, pero en las caderas había curvas que no estaban antes. Él, entre todo el mundo, lo sabía. Había tocado y saboreado cada centímetro de su piel.

–¿Quade?

Cuando ella pronunció su nombre, se dio cuenta de que no había respondido a su pregunta.

–Sí. Westmoreland es mi apellido –eso también le hizo darse cuenta de lo poco que se conocían. Lo único que sabían era cuánto placer podían darse en la cama–. Y creo que el tuyo es Steele –decidió añadir.

–Sí –asintió lentamente–. Steele es el mío.

Ya habían resuelto esa cuestión, pero ella seguía sin responder a su pregunta, la razón por la que estaba allí.

–¿Vas a responder a mi pregunta sobre el bebé?

***

Cheyenne no estaba segura de si debía responderle. Aunque racionalmente no tenía ninguna duda de que tenía derecho a saberlo, no estaba segura de que estuviera preparado para la respuesta. Estaba preguntando por un bebé. ¿Cómo se enfrentaría al hecho de saber que había tres?

Dejó escapar un suspiro mientras estudiaba el bonito rostro que tenía delante. Era un rostro que aún tenía el poder de acelerarle el pulso, de hacer latir su corazón a toda velocidad y erizarle el vello de los brazos. Y aún peor, tenía el poder de hacerle recordar vívidamente cada detalle de la noche que habían pasado juntos.

Consciente del largo silencio y de que él estaba, a juzgar por la tensión de la mandíbula, empezando a sentirse molesto porque no respondía a su pregunta, dijo:

—Creo que deberías pasar para que podamos hablar.

—¿Eso crees? —dijo en un tono bastante frío.

—Sí —dio un paso atrás y abrió completamente la puerta a modo de invitación.

Siguió mirándola mientras cruzaba el umbral y cerraba la puerta tras él. No fue hasta que estuvieron dentro cuando se dio cuenta de lo alto que era. Sus primos y cuñados eran altos y Quade quedaría bien a su lado. Su presencia parecía dominar en la sala y alrededor suyo había un halo de confianza en sí mismo. Incluso de arrogancia.

–Estás andando con rodeos.

Se había plantado delante de ella y era demasiado consciente de su presencia.

–¿Sí? –preguntó ella intentando disimular el nudo que tenía en la garganta.

–Sí y me gustaría saber por qué. Creo que mi pregunta es bastante sencilla –dijo en un tono que le hizo saber que estaba más agitado–. Estabas embarazada. El niño que has dado a luz será hijo mío o de otro. Y quiero saber si es mío.

Sintió que la rabia hervía en su interior porque pudiera dar por supuesto que se había acostado con otro, pero después pensó que tenía que ser razonable, no la conocía. Lo único que sabía era lo rápido que se había metido en su cama y con qué poco esfuerzo se había ido a una habitación de hotel con un perfecto desconocido, se había desnudado y había hecho el amor casi sin parar durante toda una noche.

Inspiró profundamente y después preguntó:

–¿Y si te dijera que no es tuyo?

Le dedicó una sonrisa que no le llegó a los ojos.

–Entonces me disculparía por seguirte y hacerte perder el tiempo.

–¿Y si fuese tuyo? –preguntó con suavidad–. No digo que lo sea –añadió a toda prisa.

Quade endureció la mirada.

–Para ser sincero, creo que no me estás diciendo nada –dijo cruzándose de brazos–. ¿Por qué no me das una respuesta definitiva?

Cheyenne también se cruzó de brazos.

—Es algo complicado.

Alzó una ceja y la miró displicente.

—Complicado, ¿en qué sentido? O soy el responsable de que estuvieras embarazada o no. No le encuentro la complicación.

Su mirada la quemaba de un modo que le decía que estaba impaciente y cansado de que no le diera una respuesta. Tragó para quitarse el nudo que tenía en la garganta y dijo.

—Eres el responsable, pero...

—Pero ¿qué?

Por su expresión resultaba difícil decir si estaba decepcionado o eufórico por ser padre. Seguramente lo primero, dado que no parecía un hombre que quisiera ser padre por una aventura de una noche.

—No hubo un bebé —dijo ella.

En sus ojos brilló la preocupación.

—¿Perdiste al bebé? —preguntó con suavidad.

—No —dijo rápidamente—. No es eso a lo que me refiero.

La miró fijamente. De nuevo su expresión se volvió heladora.

—Entonces, ¿qué te parece decirme a qué te refieres?

Lo miró directamente a los ojos. Se estaba enfadando y ella también. Se apoyó una mano en la cadera y dio un paso hacia él con fuego en los ojos.

—Lo que quiero decir, Quade, es que no di a luz un niño. Di a luz a tres.

Quade se quedó boquiabierto por la conmoción. Había visto el tamaño de su vientre y su primo Cole había bromeado con la posibilidad de que tuviera más de uno. Quade lo había descartado suponiendo que sería uno grande. Había dado a luz trillizos, unos trillizos Westmoreland. No pudo evitar sonreír al pensarlo. Maldición.

–¿Hay algo que encuentres divertido? –preguntó Cheyenne en tono de enfado.

La miró. Parecía dispuesta a tirarle algo. Apenas podía imaginarse lo duro que tenía que ser dar a luz un bebé, pero tres...

–No –se encogió de hombros y borró la sonrisa de sus labios–. ¿Están bien?

La ira desapareció de sus ojos al notar la preocupación en su voz.

–Sí. Nacieron prematuros y tuvieron que quedarse en el hospital casi tres semanas, pero ahora están bien.

–Quiero verlos –dijo queriendo asegurarse.

Por la mirada que repentinamente apareció en los ojos de ella pensó que su tono brusco y autoritario no ayudaba mucho a suavizar las cosas. Si era el padre de los niños, quería verlos. Ella decía que estaban bien, pero él quería verlo por sí mismo.

–No.

En ese momento fue él quien entornó los ojos.

–¿No?

–Eso es lo que he dicho.

La miró. Estaba tratando de ponerle las cosas difíciles. La mirada que había en su rostro era prueba de ello. Estaba acostumbrado a que sus órdenes se cumplieran. De acuerdo, tenía que reconocer que ya no estaba en el CSP y que ella no era uno de sus hombres. Pero aun así, ¿le había pedido algo que fuera realmente tan complicado?

–¿Hay alguna razón para que no pueda verlos?

–Sí. Están dormidos.

–¿Hay alguna razón por la que no puedas despertarlos?

Durante un minuto volvió a parecer que quería golpearlo en la cabeza con algo.

–Sí. Rompería su horario de dormir. Si los despierto ahora, entonces permanecerán despiertos hasta tarde y a mí me gustaría dormir esta noche.

–Bien, no los tocaré, pero sí quiero verlos.

–No.

–Sí.

La tensión entre los dos se estaba incrementando. Finalmente, Cheyenne dijo con los dientes apretados:

–Vale, pero será mejor que no los despiertes.

–He dicho que no lo haría –gruñó furioso Quade.

La gente solía recurrir al enfado para enmascarar muchas cosas, incluso el deseo rampante como el que él estaba sintiendo en ese momento. Sólo pensar que ella había dado a luz a sus hijos hacía que le dieran ganas de abrazarla y besarla en los labios. Eso sólo sería el comienzo...

—Espero que no los despiertes. Sígueme.

Se dio la vuelta y él no pudo evitar sonreír mientras la seguía por el pasillo. Maldición, tenía carácter. No había sido así aquella noche en la habitación del hotel. Entonces había sido apasionada, seductora y muy complaciente. Sacudió la cabeza incrédulo. Era padre. No había planeado serlo, pero ya estaba fuera de toda discusión. ¿Qué discusión?

Dejó a un lado la cuestión y siguió a Cheyenne, más específicamente a sus bien formadas nalgas. Tenía debilidad por esa parte de la anatomía de las mujeres y a pesar de la ropa podía recordarla perfectamente desnuda. Le habían gustado, sobre todo la curva que describían y cómo quedaban bajo su cuerpo caliente. Había sido una postura que él le había enseñado, una postura que ella había gozado tanto como él.

Se detuvo ante una puerta y se dio la vuelta para mirarlo haciendo que Quade pensara si le habría leído el pensamiento.

—No me lo has preguntado, pero te lo diré de todos modos —dijo bruscamente—. Tengo dos hijas y un hijo.

El sexo de los bebés no le importaba. Lo único que le importaba era que fuesen suyos.

–Tenemos dos hijas y un hijo –la corrigió.

Ella lo miró fijamente.

–No pareces sorprendido de que haya tenido trillizos.

–En realidad no –se encogió de hombros y bajó la voz para seguirla–. Los partos múltiples son algo común en mi familia. Yo soy gemelo.

La mirada de sorpresa del rostro de ella no tenía precio y le recordó lo poco que se conocían.

–No lo mencionaste aquella noche –lo acusó ella.

–No tenía ninguna razón para hacerlo. Si no recuerdo mal, no hablamos mucho.

En ese instante, por lo que vio en los ojos de ella, supo que estaba recordando, pero igual de deprisa recompuso sus facciones para reflejar indiferencia.

–No me acuerdo –dijo ella con deliberada frialdad.

Quade sonrió. Estaba mintiendo y los dos lo sabían. Sin embargo, si quería fingir que no recordaba nada de aquella noche, la dejaría.

–Y aunque no me has preguntado cómo se llaman, te lo voy a decir de todos modos –dijo en un tono que implicaba que seguía molesta con él–. Las niñas se llaman Venus y Athena y el niño Troy –él sonrió. Le gustaban los nombres–. Hay algo que deberías saber de Troy.

–¿Qué? –preguntó con tono de preocupación.

–Algunas veces tiene mal carácter, sobre todo cuando tiene hambre. Siempre quiere comer antes

51

que sus hermanas y siempre quiere ser el centro de atención.

—Típico Westmoreland.

—Han nacido Steeles.

Quade dejó escapar un suspiro de exasperación.

—Sólo porque yo no estaba aquí para que las cosas fueran de otro modo. Ahora ya estoy aquí.

Quade notó que la tensión entre los dos volvía a crecer.

—¿Qué significa eso? —preguntó ella.

Él se cruzó de brazos.

—Significa que como me has dicho que los bebés son míos, eso conllevará una serie de cosas.

—¿Como cuáles?

Vio en sus ojos un destello de desafío y supo que fuesen cuales fuesen esa serie de cosas supondrían una lucha.

—Prefiero no discutirlo ahora. Sólo quiero verlos.

Tuvo la sensación de que era una mujer acostumbrada a tener la última palabra y que no apreciaría especialmente la irrupción de él en su vida. Bueno, eso no era del todo malo. Los bebés eran fruto de una noche de sexo salvaje y aunque ser padre había sido lo último que había tenido en la cabeza, había sucedido. Y como le había dicho a ella y se lo repetiría si era necesario, un Westmoreland asumía sus responsabilidades, no importaba cuáles fueran. Ese código ético estaba grabado en cada Westmoreland desde el primer día de vida y sería su responsabilidad transmitírselo a sus hijos e hijas.

Un hijo y dos hijas.

Respiró profundamente al pensarlo. ¿Qué demonios se suponía que tenía que hacer con los bebés? Le gustaban los niños, pero nunca había pensado tener uno propio. Tenía suficientes sobrinos y sobrinas, tanto nacidos como en camino, y además todos sus primos habían empezado a tener hijos, lo que significaba que constantemente nacía algún primo nuevo. Pero en ese momento, además de todo eso, parecía que tenía que añadir tres a la lista. Ya podía imaginarse la reacción de su familia cuando les diera la noticia. Su madre se volvería loca. Sarah Westmoreland estaba decidida a tener todos los nietos que pudiera de sus seis hijos.

—Recuerda que no puedes despertarlos.

Sus palabras irrumpieron en sus pensamientos.

—No necesito que me lo recuerdes, Cheyenne.

Ella puso los ojos en blanco y abrió la puerta de la habitación. La siguió mientras echaba un vistazo a su alrededor. Había algunos animales pintados en las paredes e inmediatamente reconoció el tema. El Arca de Noé. Debía de ser algo bastante popular porque los gemelos de dos años de su primo Storm tenían la habitación decorada del mismo modo. Olfateó el aire. La habitación olía como una guardería. El reconfortante aroma del talco y las lociones llenaba el aire.

La atención de Quade se dirigió a las tres cunas y de pronto fue consciente de lo que ese momento significaba. Algo cercano al pánico le recorrió las venas. Estaba acostumbrado a cuidar sólo de sí mismo y los últimos años no lo había hecho mal a juzgar por las situaciones en las que había estado trabajando en el CSP. A partir de ese momento era responsable de otros, exactamente de tres bebés que eran suyos. En cierto modo daba mucho más miedo que cuidar del presidente. Tenía la sensación de que ser padre iba a ser un reto del demonio.

Miró a Cheyenne. También ella iba a ser un reto. Había mucho de ella que aún no sabía. Pero lo primero que sabía era que había decidido tener los niños en vez de no hacerlo. Las mujeres tenían otras opciones y estaba contento por la decisión que ella había tomado. Dejó escapar un largo suspiro y lentamente siguió a Cheyenne hasta la primera cuna.

–Ésta es Venus –dijo a modo de presentación–. Es la más pequeña y la que menos pesó al nacer. A causa de ello tuvo que quedarse en la incubadora dos semanas más que los otros.

Quade miró a la bebé cubierta con una manta y se quedó sin respiración. Apretó las manos contra los costados para evitar tocarla para comprobar si era real. Tenía la cabecita cubierta de pelo negro y parecía dormir en paz. Era algo tan pequeño y frágil... En silencio se prometió que bajo su amor y protección se haría increíblemente fuerte y jamás tendría que preocuparse de nada.

–Y ésta es Athena –susurró Cheyenne.

Alzó la vista y vio que Cheyenne se había desplazado a la segunda cuna. Dio un par de pasos para ponerse a su lado y mirar a la niña que dormía dentro. También estaba cubierta por una manta como su hermana, era más grande que ella, pero aun así parecía muy pequeña.

–¿Cuánto pesó? –preguntó en voz muy baja buscando la mirada de Cheyenne.

–Apenas dos kilos. Nació la segunda.

Miró a la niña y supo, como con la anterior, que ésta tampoco tendría que preocuparse nunca de nada. Él se aseguraría de ello. Siguió a Cheyenne hasta la tercera cuna y parpadeó. Su hijo definitivamente no era un bebé pequeño. Probablemente sería como sus dos hermanas juntas.

–Como te he dicho, le gusta comer –dijo Cheyenne y notó la diversión en su voz–. Pesó casi tres kilos y ahora casi cuatro.

–¿Qué les das de comer?

–Leche materna.

La mirada de Quade bajó hasta sus pechos ceñidos por la camiseta. Su corazón perdió el ritmo al recordar con todo detalle cómo su boca había atrapado esos pezones y cómo se había entregado a mamar de ellos del mismo modo que harían los bebés. También recordó lo que había disfrutado ella con el juego.

—Entiendo que fue él quien nació primero —decidió decir mientras volvía a mirar a su hijo.

—Sí, y cuando se haga mayor, tendrá que cuidar de sus hermanas. Cuidarlas, pero no mandar —dijo Cheyenne con suavidad.

Quade alzó una ceja y sonrió.

—¿He oído algo de resentimiento en tu voz? ¿Tus hermanos mandan mucho en ti?

Ella le devolvió la sonrisa y se dirigió a la puerta. Cuando ya estaban en el pasillo, dijo:

—No tengo hermanos. Somos tres hermanas y soy la pequeña y sí, mis hermanas tratan de mandarme constantemente. Y luego están mis primos. Cuatro. Y también eran muy mandones, aunque todos estaban convencidos de que era por mi propio bien.

Por alguna razón le agradó la idea de que hubiera gente que se preocupaba de ella. Estuvo seguro de que habría sido una niña preciosa. Y al crecer se había convertido en una mujer preciosa. Podía imaginarse todos los hombres que la habrían rondado.

—Bueno, ¿qué piensas?

Lo miró y volvió hacia el cuarto de estar.

—¿Sobre qué?

—No sobre qué —dejó de caminar—, sino sobre quién —dijo más que molesta—. ¿Qué piensas de Venus, Athena y Troy?

Se encogió de hombros sin sentirse seguro de cómo explicar lo que sentía en ese momento. Decidió intentarlo.

—Nunca había planeado casarme o tener hijos. La profesión que elegí me ha hecho viajar por todo el país y eso habría sido un infierno para la familia.

—Pero ¿te gustan los niños? —preguntó ella.

—¿Por qué no me iban a gustar? Para ser sincero, nunca he estado con niños mucho tiempo. Si intentas averiguar cómo me siento más que lo que pienso de ellos, entonces tendría que decir que, sobre todo, extraño. Me siento unido a ellos ya. Viéndolos ahí, sabiendo que son parte de mí, algo que los dos hemos creado... No puedo evitar sentirme superado. Y sólo pensar que dependen de nosotros me hace...

—No dependen de ti, Quade. No te pido nada.

La miró largamente antes de decir:

—No tienes que pedírmelo. Son míos, Cheyenne y los reconozco como míos. Para un Westmoreland eso lo significa todo.

Pensó que sus palabras la habían preocupado por alguna razón cuando dijo en tono helador:

—Creo que tenemos que hablar.

—Evidentemente. Vete delante.

Así lo hizo y él la siguió aprovechando la ocasión para mirarle las nalgas una vez más.

Capítulo Cuatro

—¿Vamos a hablar o vas a desgastar la alfombra?

Cheyenne dejó de pasear y miró a Quade. Entonces deseó no haberlo hecho. Se había sentado en el sillón de orejas y tenía las piernas estiradas hacia delante. Su camiseta se ceñía a su cuerpo como un guante y mostraba sus anchos hombros. Además estaban las bonitas facciones de su rostro que aún la encendían y la llevaban a rozar la irracionalidad. Había sido tan fácil para él llegarle esa noche. Había notado en varias ocasiones en su cuerpo un anhelo por todas las cosas que había experimentado entre sus brazos, en la cama. Podía decirse que había dejado en ella una marca más allá de lo comprensible.

Sabía que tenían que hablar, pero quería elegir sus palabras con cuidado. Era el padre de sus hijos, y los dos lo sabían, sin embargo, quería que entendiera que Venus, Athena y Troy eran sólo eso, hijos de ella. Lo que había dicho hacía un momento sobre reconocerlos como suyos le preocupaba porque lo último que deseaba era que considerara la posibilidad de ejercer sobre ellos algún derecho legal. Podía empezar por reconocerlos y que luego se le ocurrieran más cosas. ¿Qué pasaba si trataba de decidir dónde tenían que vivir los niños y ella? ¿Qué papel quería desempeñar en sus vidas? Había crecido siempre bajo la tutela de alguien y no pensaba permitir que eso volviera a suceder.

—Estoy esperando.

Miró a Quade. Si estaba tratando de crisparle los nervios, lo estaba consiguiendo. Apretó los labios y trató de contestarle con algo cortante e inteligente. Necesitaba sentir que él estaba fuera de todo aquello y no podía gastar sus energías en otra cosa que no fuera eso.

—¿Por qué dices que la responsabilidad de un Westmoreland lo es todo? Parece como si tu familia viviera bajo su propio código ético. Por favor, explícate.

El pulso de Cheyenne perdió el ritmo cuando Quade respiró hondo y cambió de postura. El aire que los rodeaba pareció cargarse y se sintió asediada por el deseo que irradiaba el cuerpo de él. Tenía todos sus sentidos en alerta y pensó que no era bueno reaccionar así por su presencia. Pero no podía evitarlo. Se sentía atraída hacia él al recordarlo con unos boxer negros y después sin ellos.

—Me encantará explicártelo —dijo él interrumpiendo sus pensamientos y haciendo que ella se sintiera agradecida de que no se diera cuenta de cómo la atraía. Más que nada, tenía que mantener el control–. Has dicho que no parecía sorprendido por el parto múltiple y te he explicado que es porque yo soy gemelo. Lo que no te he dicho es que mi padre también es gemelo. Y que su hermano gemelo y mi tía también tienen gemelos. Mi gemelo se llama Ian. Por encima de todos está el hermano pequeño de mi padre, Corey, que es padre de trillizos.

–¿Tantos partos múltiples en una sola familia? –preguntó asombrada.

–Es posible, según mi padre. Está convencido de que un Westmoreland que apareció en la prensa a principios de este año porque su mujer había dado a luz cuatrillizos está emparentado con nosotros. Ahora está liado con cosas de la genealogía, tratando de encontrar la conexión –hizo una breve pausa y siguió–: Ahora, volviendo a nuestro asunto, hay trece varones Westmoreland en mi generación y estamos muy unidos. Muy temprano, cuando empezamos a andar tras las chicas, nuestros padres nos inculcaron una norma que siempre guiará a un Westmoreland. Teníamos que asumir la responsabilidad de nuestras acciones, daba igual cuáles fueran.

–Pero yo no necesito que asumas ninguna responsabilidad –dijo ella con un profundo suspiro.

–No importa.

Iba a ser difícil, pensó Cheyenne. Le recordaba a sus primos, que siempre estaban empeñados en vivir según un código de honor, un credo invisible. Al menos así era para Chance, Sebastian y Morgan.

Donovan, el más joven de sus primos, el único soltero, aún seguía buscándose a sí mismo. De momento, Donovan estaba feliz con encontrarse bien entre las sábanas de cualquier chica. Pero aun así, estaba convencida de que si alguna vez cometía un desliz, haría lo correcto con la mujer, y haría lo que ella quisiera. Si amaba o no a la mujer, eso no sería un factor determinante. A sus ojos, los ojos de un Steele, la unión sería una restitución justa por tanta falta de buen juicio.

Parecía evidente que los Westmoreland tenían el mismo pensamiento. Bueno, ella no necesitaba ni a él ni a nadie sacrificándose por ella y sus bebés. El embarazo no había sido algo intencionado, por parte de ninguno de los dos. Había sido un accidente. Había sucedido y podría vivir con ello, sobre todo porque el resultado, sus dos hijas y su hijo, habían conquistado su corazón desde el momento en que le habían dicho que estaba embarazada.

–¿Te explica eso las cosas, Cheyenne?

Sí, pero aún no estaba segura de cómo enfrentarse a él. La estaba mirando con ojos sombríos y penetrantes. Esperaba una respuesta.

Tenía la sensación de que era un hombre acostumbrado a conseguir lo que quería, alguien habituado a mantener el control. En las pocas relaciones que había mantenido había tratado de evitar a los hombres como él, hombres con la habilidad de anular su corazón tanto como su cabeza. Mantener su sentido común intacto no sería fácil con él, pero estaba decidida a hacerlo.

–Sí –respondió finalmente–. Aunque creo que te estás dejando llevar un poco de más.

–¿Cómo que dejando llevar? –alzó una ceja.

–Puedo entender y aprecio que quieras asumir tu responsabilidad por la parte que te toca de mi embarazo, lo mismo que estés dispuesto a reconocer a mis hijos, pero lo que te estoy diciendo es que no tienes que hacer nada de eso.

Quade la miró fijamente y Cheyenne notó un fuerte calor en determinadas zonas de su cuerpo.

–Eso es muy generoso por tu parte –dijo él con una sonrisa que no le llegó a los ojos–, pero no tienes ni idea de lo lejos que pienso llevar las cosas.

No, no la tenía y eso era lo que más la preocupaba. Sabía que legalmente no podía negarle el derecho a ser parte de la vida de los trillizos. Sería una pérdida de tiempo tratar de luchar en ese aspecto. Había oído mil historias de cómo los tribunales se ponían del lado del padre, pero aun así haría cualquier cosa para asegurarse de que lo de ser padre no era sólo algo pasajero para él, una novedad de la que disfrutaría en el momento, pero de la que luego se cansaría.

Decidió que era el momento de ponerlo a prueba y dijo:

–Dime, ¿hasta dónde piensas llevar las cosas?

–Hasta el altar.

Ella parpadeó varias veces.

—¿Perdón?

—Me has oído perfectamente, Cheyenne. Y dada la naturaleza de nuestra situación, recomendaría que procediéramos inmediatamente.

La recorrió una oleada de pánico.

—¿A hacer qué? —le tembló la voz.

Su respuesta fue rápida y sin atisbo de duda:

—A casarnos. ¿Qué si no?

Evidentemente había un «qué si no», pensó Quade al ver el rostro de Cheyenne. Parecía como si la conmoción la hubiese dejado sin habla. Pero eso no frenaría sus planes. Había llegado pronto a Charlotte ese mismo día sin saber lo que se iba a encontrar. Había imaginado la posibilidad de ser padre de un niño, pero no había esperado serlo de tres. Ya, sabiendo lo que sabía, no había forma de que se echase atrás. No había forma de que no hiciera lo que se esperaba de él, de un Westmoreland.

—¿Hay algún problema? —decidió preguntar al ver que Cheyenne seguía sin decir nada, como si le hubiese presentado las pruebas de que había vida en otro planeta.

Casi pudo oír cómo le rechinaban los dientes antes de decir.

—No hay ningún problema, al menos por mi parte, porque no tengo intención de casarme contigo.

–Si yo fuera tú, no diría eso –advirtió–. Deberías pensarlo con más calma.

Apretó los labios y lo miró a los ojos.

–No hay nada que pensar. No tengo pensado casarme, y menos contigo. Apenas te conozco.

Él le sostuvo la mirada y cruzó la habitación hasta colocarse frente a ella.

–Entonces, sugiero que me conozcas. Te guste o no, no estoy dispuesto a que ni tú ni nuestros hijos no llevéis mi apellido.

Inclinó ligeramente la cabeza y lo miró.

–Mis hijos y yo tenemos nuestro propio apellido: Steele. Gracias por tu oferta, pero no necesitamos otro. Da la casualidad de que nos gusta el que tenemos.

–Y da la casualidad –se acercó un poco más– de que a mí me gusta el apellido Westmoreland para ti y nuestros hijos.

–Peor para ti.

–No, mejor –fue su respuesta.

«Demasiado tarde», pensó Cheyenne cuando se dio cuenta de que la mirada de él estaba fija en su boca y que había dado otro paso hacia ella sin dejar de mirarla. Lo miró a los ojos y fue incapaz de moverse. Estaba como hipnotizada. Incluso le costaba respirar mientras recordaba esa noche de hacía casi once meses, lo que provocó que le recorriera la espalda una oleada de calor.

Decidió que necesitaba un poco más de espacio y dio un paso atrás, pero él salvó la distancia en un tiempo récord.

–¿Vas a algún sitio? –preguntó mientras le ponía las manos en la cintura.

Cheyenne notó que todo su cuerpo se estremecía por el contacto. ¿Cómo demonios podía provocar esa reacción en ella cuando estaba enfadada con él? Su cuerpo era un traidor.

–No te creas que vas a conseguir seducirme –dijo y se arrepintió de inmediato al notar por su mirada que él se lo había tomado como un reto–. Estoy acostumbrada a los hombres como tú –decidió decir–. Me he criado entre un montón de primos.

–¿Y?

–Y sé cómo manejarte.

–Sí –una sonrisa se dibujó en sus labios–. Sería el primero en reconocerlo. Si la memoria no me traiciona, tienes la habilidad de manejarme muy bien –dijo en un tono grave y gutural.

Trató de escapar de él una vez más, pero sus manos en la cintura se lo dificultaban. Siguió mirándolo y literalmente se quedó sin respiración cuando él empezó a bajar la cabeza hacia ella.

Quería resistirse. Moverse. Detener el beso que adivinaba que se acercaba, pero en lugar de eso se abrazó a él y sintió que le ardía la unión de los muslos mientras anticipaba el contacto. Todo el tiempo trataba de convencerse de que eso no era lo que quería, pero otra parte de ella decía en voz alta y clara que era exactamente lo que necesitaba.

La boca de él se acercó más, tanto que su aliento le humedecía los labios. Parecía que no se decidía a ir más allá y Cheyenne se preguntó por qué daba tantos rodeos.

Debió de notar la confusión en los ojos de ella porque dijo:

—Adelante, toma lo que quieres.

Lo miró pensando que tenía mucho valor, pero qué iba a decir del valor cuando se descubrió a sí misma reduciendo la distancia a sus labios. Entonces, tomó rápidamente una decisión y actuó.

Se acercó más a él, lo abrazó más fuerte y unió su boca a la de él, separó los labios y la lengua de él invadió su boca haciendo que sus sensaciones despertaran los recuerdos de aquella noche. Y lo mismo que aquella noche, una pasión más poderosa de lo que podía recordar, la recorrió entera e hizo que su lengua se uniera a la de él. Lo estaba besando con un deseo y un ansia que sólo experimentaba con él. Era embriagador. Estimulante. Increíble. No había esperado menos.

Y cuando él le rodeó la cintura con más fuerza y apretó su cuerpo contra el de él, fue cuando lo sintió todo. La sensación de sus duros pezones que se aplastaban contra su pecho, la forma de su erección que encajaba perfectamente en la unión de sus muslos.

Igual que la otra vez.

Y esos recuerdos llenaron su mente. Había sido una noche distinta a todas las demás. Había sido una noche que la había introducido en el sexo intenso. Cada uno de sus besos había dejado su boca ardiendo por el deseo de más, sus caricias habían dejado un calor abrasador en cada zona de su cuerpo que había tocado... y había tocado cada centímetro de su piel. No había parte de su cuerpo que Quade no hubiese acariciado o saboreado.

Recordar eso último hizo que un estremecimiento pasara de ella a él. Pudo notar su erección empujar aún con más fuerza.

Gimió de placer y profundizó el beso mientras arqueaba la espalda para estar más cerca de él. Parecía como si millones de agujitas de deseo le pincharan en la piel calentándola y entonces supo que él estaba tratando de demostrar algo. Lo mismo que aquella noche, la estaba requiriendo. Estaba sellando su posesión. Dejando su marca. Demostrando por encima de cualquier duda que ella podía decir una cosa, pero que deseaba lo contrario.

A Cheyenne no le gustó esa idea y deseó liberar su boca, pero descubrió que lo único que podía hacer con ella era seguir devorándolo del mismo modo que él la devoraba a ella.

De pronto apartó la boca y apoyó la frente contra la de ella mientras intentaba recuperar el aliento. Ella hizo lo mismo. Respiró hondo en busca de aire mientras notaba los suaves lugares en el interior de su boca que su lengua había descubierto. Había sido ansioso, pero ella también. No sólo la había consumido. Se habían consumido mutuamente.

Quade se echó hacia atrás lentamente y la miró con los ojos llenos de deseo. Ella reconoció esa mirada.

—Como puedes ver, Cheyenne, nada ha cambiado entre nosotros. Nos deseamos tanto como antes. ¿Sabes cuántas veces en los últimos once meses me he despertado, tan duro como una roca, durante la noche añorando el placer de los dos? Después en sueños recorría todas las posiciones que habíamos probado juntos, todas las que te enseñé. Aunque no quería dejarte embarazada, no me sorprende haberlo hecho considerando lo que ocurrió.

La mente de Cheyenne se llenó de las imágenes que él rememoraba. Tenía razón, considerándolo todo, sobre todo cuánto tiempo habían pasado el uno en el otro esa noche, aunque habían tratado de ser cuidadosos, no era de sorprender que se hubieran entregado al placer y se hubieran ido relajando con las precauciones.

Esa idea la animó a decir:

—Puede que no lo hubiéramos planeado, pero no me arrepiento, Quade —dijo para que supiera lo importantes que eran los bebés para ella—. Son mi vida.

—Y la mía.

Ella se echó hacia atrás tratando de no creer lo que le decía.

—No —dijo cortante alzando la barbilla—. Es imposible que puedas sentir algo por ellos tan pronto. Te has enterado hoy de que existen. Acabas de verlos.

Se acercó a ella y le agarró la barbilla con los dedos acariciándola con las yemas.

—¿Y sólo por eso no pueden significar nada para mí? ¿Crees que sólo porque los has llevado en tu vientre yo no puedo tener ninguna conexión con ellos? Reconozco que una parte de mí desearía haber estado aquí para ver cómo se hinchaba tu vientre mes a mes, pero no estaba. Aunque eso no implica que su existencia sea menos importante para mí.

Cheyenne lo miró, trató de sopesar la sinceridad de sus palabras. Eran necesarias muchas más cosas que poner una semilla para hacer padre a un hombre. Podía ser que tuviera muy claro lo que era un buen padre porque ella había tenido uno. Su padre había sido un hombre trabajador que había cuidado a su mujer y adorado a sus hijas. Lo único que deseaba que hubiera dejado habían sido los cigarrillos, que le habían provocado un cáncer de pulmón que lo había matado demasiado joven.

—De acuerdo —dijo ella—. Quieres ser parte de su vida, pero eso no implica que tengas que ser parte de la mía.

Él sonrió y la forma en que se curvaron las comisuras de sus labios hizo que el deseo le recorriera el vientre. Trató con todas sus fuerzas de dominar el efecto.

–Creo que sería muy duro separaros a los cuatro –dijo–. Es un paquete completo. Los quiero a ellos y te quiero a ti. Los reclamo a ellos y también a ti.

–No –lo miró con los ojos entornados–. No lo permitiré. Somos Steele.

–No por mucho tiempo.

–¿Me estás amenazando? –frunció el ceño.

Quade soltó una risita y la miró del mismo modo que lo había hecho la primera vez que se habían visto.

–No, pensaba que te estaba pidiendo que te casaras conmigo.

–No me lo has pedido, me lo has exigido.

–Entonces me disculpo y empiezo de nuevo. ¿Quieres casarte conmigo?

–No –sacudió la cabeza.

–¿Puedo preguntar por qué?

–Ya te he dicho por qué. No te conozco –y cuando él abrió la boca para hablar, añadió a toda prisa–. Fuera de la cama.

Él no dijo nada durante un largo minuto y luego declaró:

–De acuerdo, entonces tengo una proposición que hacerte.

–¿Qué clase de proposición? –preguntó desconfiada.

–Quiero darte tiempo para que me conozcas, y para conocerte a ti.

–¿Por qué?

–Porque según tú, ésa es la razón por la que no te casas conmigo. Mi trabajo va a ser impresionarte para que te enamores perdidamente de mí y te sientas lo bastante cómoda como para que consideres que los bebés, tú y yo somos una familia.

A Cheyenne no le gustaba cómo sonaba eso. Era una modelo internacional que viajaba por todo el país. ¿Qué pasaba si él ponía objeciones a la profesión que había elegido? Además, estaba esa parte de su profesión que nadie, ni siquiera su familia, conocía. Su agente tampoco tenía información especial sobre ella, aunque en algunas ocasiones había recurrido a su condición de modelo profesional para entrar y salir de algunos sitios.

–¿Y si no veo las cosas de ese modo y no accedo a tu proposición? –preguntó para conocer todas sus posibilidades.

–Entonces buscaré asesoramiento legal para saber qué derechos tengo como padre. Si vivir los cinco juntos como una familia no es una opción, debo asegurarme de que tengo derecho a ser parte de la vida de mis hijos. Preferiría no tener que recurrir a un abogado, por supuesto, y no tener que andar con los bebés de un lado a otro por que fuéramos capaces de llegar a un acuerdo razonable.

Pero si no es así, no dudaré en llevarte a los tribunales para compartir la custodia.

«Compartir la custodia». Le dio un vuelco el corazón al imaginarse a sus hijos separados de ella, sobre todo siendo tan pequeños. Simplemente no se lo podía imaginar. Pero todo lo que tuvo que hacer fue mirar al rostro de Quade para saber que era posible y que no había otra opción... sólo podía aceptar la opción que le había planteado. Que los cinco vivieran juntos, casados y como una familia.

Necesitaba pensar. Necesitaba estar sola. Básicamente, lo que realmente necesitaba era que él se marchara. Con él delante no podía pensar con cordura.

—Necesito tiempo para pensarlo, Quade.

—Está bien —dijo él—. No te estoy proponiendo que nos casemos ya. Te estoy pidiendo tiempo para que me conozcas. Sin embargo, quiero que mis hijos lleven mi apellido lo antes posible. Quiero que tengan derecho a todo lo que poseo si me ocurre algo.

Cheyenne alzó una ceja. «Si me ocurre algo». No tenía ni idea de cómo se ganaba la vida.

—¿Qué haces para ganarte la vida? —preguntó ella.

—Acabo de retirarme de un trabajo que hacía para el Gobierno Federal.

—¿En qué sección?

—Servicio Secreto.

Frunció el ceño. Se preguntó si la razón por la

que había estado en Egipto aquella noche habría sido algo relacionado con su trabajo. La mayor parte de quienes trabajaban en el Servicio Secreto estaban destinados a la protección del presidente, pero ése no debía de ser el caso de Quade. Se esperaba que el presidente hubiese ido a Egipto, pero al final no había sido así. Eso le hizo preguntarse...

No había sido una coincidencia que ella hubiera estado en Egipto aquella noche. La mujer del presidente tenía que haber ido con él y Cheyenne tenía que estar allí entre bastidores. Sacudió la cabeza considerando la posibilidad de que los dos pudieran estar relacionados con la misma agencia bajo el paraguas del Servicio Secreto.

—Así que eres uno de esos hombres que están al lado del presidente vaya donde vaya y que tienen que parar una bala si las cosas van demasiado lejos...

—Sí, algo así —dijo sin dejar de mirarla.

Ella asintió. Estaba siendo tan evasivo como lo había sido ella tantas veces cuando sus hermanas le preguntaban la razón por la que nunca podían ponerse en contacto con ella cuando salía al extranjero.

—Es tarde y me gustaría, como te he dicho, poder pensar las cosas.

—¿A qué hora vuelves a dar de comer a los niños? —preguntó él—. Me gustaría verlos despiertos.

Miró hacia la habitación de los bebés.

–Dormirán un par de horas más, pero preferiría que esperaras a mañana para verlos.

–¿Hay alguna razón para que me estés echando?

–Como te he dicho, tengo que pensar. Y creo que tú también tienes que pensar algunas cosas.

–No hay nada que pensar. Quiero hacer las cosas bien.

–¿Y piensas que querer casarte con una mujer con la que te has acostado una vez y que se quedó embarazada es lo correcto cuando no hay ninguna clase de amor?

Por la expresión que vio en él podría haber dicho que su pregunta estaba dando vueltas en su cabeza.

–Lo primero de todo –dijo tranquilo–. Me acosté contigo más de una vez en una única noche. Y la respuesta es sí. Casarme contigo y daros tanto a ti como a mis hijos mi apellido es lo correcto.

–¿Incluso aunque no haya amor?

–Sí, incluso aunque no haya amor –asintió.

Al menos era sincero con ella, pensó. No habría amor en su matrimonio. No había ido a buscarla porque se hubiera enamorado de ella. Acababa de admitir que el amor no tenía nada que ver con todo aquello. Se comportaba así guiado por la idea de que era lo que debía hacer.

–¿Te gustaría venir a desayunar? –decidió preguntarle.

–¿A desayunar?

–Sí, a desayunar. Los bebés a esa hora seguro que están despiertos –dijo ella decidiendo dejarle ese tiempo con ellos.

Una sonrisa se dibujó en los labios de él.

–Entonces el desayuno está bien.

Había dudado por un momento que aceptara su invitación a desayunar. Era evidente que estaba ansioso por ver a los niños.

–Te acompañaré a la puerta.

Llevaba casi recorrido medio camino cuando se dio cuenta de que él no la seguía. Se volvió a mirarlo.

–¿Hay algún problema?

–Pensaba que había oído algo.

Cheyenne inclinó ligeramente la cabeza mientras miraba el receptor que estaba encima de la mesa. Se oyó un gemido y después un aullido.

–Se ha despertado Troy –dijo mirando el reloj de la pared.

–¿Cómo sabes que es él y no una de las niñas?

No pudo evitar sonreír.

–Me he acostumbrado a sus diferentes llantos, además, grita más que las niñas –dejó escapar una risita–. Seguramente es cosa de hombres. Si no me doy prisa, va a despertar a sus hermanas, si no lo ha hecho ya.

Sin añadir nada más, salió corriendo hacia la habitación. Y Quade tras ella.

Capítulo Cinco

Una vez que entraron en la habitación, Quade se quedó rezagado y miró cómo Cheyenne iba directamente a la cuna donde estaba acostado su hijo. Tragó saliva para contener la sensación de miedo que lo recorrió. Quade Westmoreland, que podía ser duro y despiadado, notó que se derretía y se sintió totalmente fuera de su elemento. Se puso rígido por el disgusto que le provocó esa sensación.

Pero ese sentimiento rápidamente desapareció en el momento en que Cheyenne alzó en sus brazos al niño. Una serie de emociones que nunca había experimentado lo recorrieron entero dejándolo casi sin aliento y haciendo que se le doblaran las rodillas casi al mismo tiempo. Ya sabía exactamente lo que su primo Thorn había sentido cuando había nacido su hijo. Thorn siempre había sido el más áspero de la familia, pero Quade había visto otra faceta suya cuando lo había observado con su hijo en brazos.

Respiró hondo y decidió que si Thorn era capaz de enfrentarse a la paternidad, él también podría hacerlo. Había tres recién nacidos Westmoreland que dependerían de él y no podía decepcionarles. Le gustara a Cheyenne o no pretendía ser una parte esencial en la vida de esos niños. En ese momento decidió, además, que sería una parte esencial en la vida de Cheyenne.

Como si le hubiese leído el pensamiento, ella se dio la vuelta y frunció el ceño. El gesto desapareció suavemente, pero no antes de haberlo recorrido entero con la mirada. Su cuerpo automáticamente respondió y el silencio de la habitación pareció hacerse más denso. Ella podía pretender negarlo, pero allí estaba: la misma química, la atracción física que los había unido casi un año antes. En lo que le concernía a él, era tan poderosa como entonces.

Pensando que había llegado el momento de conocer a su hijo, Quade echó a andar lentamente hacia ella cruzando la habitación con paso decidido.

Levantando a Troy hasta la altura del hombro, Cheyenne trató de concentrarse en su hijo y no en Quade, pero no pudo dejar de mirarlo a cada paso que daba en dirección a ella.

Ese hombre estaba bien. Cada centímetro, desde sus musculosos hombros, pasando por el firme abdomen hasta las afiladas caderas. No hacía falta mucho para hacerle recordar haber tenido semejante cuerpo de hombre dentro de ella.

Y además estaban los besos. Para muestra el que habían compartido un momento antes. El que ella había empezado, pero del que se había convertido en víctima. Ese hombre tenía una habilidad especial con la lengua y sabía utilizarla para incitar, acariciar y arrastrarla a la sumisión. Era un instrumento de placer del que la llenaba cada vez que entraba en su boca.

Espiró temblorosa. Si no era capaz de desarrollar un caparazón, se convertiría en un pelele entre sus brazos. Ya casi lo era. No había sido lo bastante firme cuando él le había sugerido casarse y ella había aceptado pensarlo. ¿Qué clase de estupidez era ésa?

Se detuvo delante de ella y tendió los brazos.

–¿Puedo? –preguntó él sorprendiéndola.

Cuando se trataba de bebés, la mayoría de los hombres preferían no tenerlos en brazos.

–Claro –dijo ella y le tendió lenta y suavemente a su hijo.

Vio cómo temblaban las manos de Quade ligeramente antes de agarrar al bebé firmemente aunque con suavidad. En ese momento vio las cosas claras. Aunque él intentaba hacerse el valiente, era evidente que se sentía perdido con el niño en sus brazos.

Quade la miró nervioso y dijo:

–Es muy pequeño.

Ella no pudo evitar sonreír.

–Sí, y piensa que es el más grande de los tres. Espera a tener en brazos a sus hermanas.

Se quedó pálido y tuvo que hacer un gran esfuerzo para no echarse a reír, pero no pudo evitar que él apreciara la diversión en sus ojos.

–Lo estás pasando bien a mi costa, ¿verdad? –dijo antes de mirar el rostro de su hijo.

–Has sido tú quien ha pedido tenerlo en brazos –dijo ella con una amplia sonrisa.

En ese momento se dio cuenta de que Quade parecía petrificado mientras miraba al niño. Siguió con la mirada el camino de sus ojos y comprendió por qué. Troy lo estaba mirando. Sostenía la mirada de su padre con una intensidad que incluso a ella le resultó extraña.

–¿Mira a todo el mundo así? –preguntó él.

Cheyenne miró a Quade.

–No –dijo ella sinceramente–. Y no es porque tú seas el primer hombre que ve. Mis cuatro primos vienen con frecuencia –se encogió de hombros–. Supongo que habrá algo en ti que le tiene fascinado.

–¿Tú crees?

–Seguramente –decidió no añadir que había algo en él que también la fascinó a ella la primera vez que lo vio–. Tengo que comprobar que esté seco –se oyó decir a sí misma–, a menos que prefieras intentarlo tú.

–No, está bien. Tú tienes más experiencia en esa clase de cosas –dijo Quade y rápidamente le devolvió al bebé.

Ella lo tomó en brazos, se acercó a la mesa del cambiador y miró el pañal. Después miró a Quade.

–Sólo para que lo sepas: cuando cambias a un niño tienes que tomar algunas medidas de precaución.

–¿Medidas de precaución? –alzó una ceja.

–Sí, o puedes acabar mojado. Cambiar el pañal a un niño puede ser algo parecido a que te disparen a la cara con una pistola de agua.

Cuando entendió lo que ella quería decir, Quade se echó a reír. El sonido de su risa era rico y sensual y provocó algo dentro de ella.

–Sí, sí, ríete si quieres, pero luego no digas que no te lo he advertido.

–De acuerdo, lo tendré en cuenta –dijo entre risas–. ¿Cuándo vuelve la niñera?

Lo miró de soslayo.

–¿La niñera? –al ver el gesto de él sonrió y añadió–: No tengo niñera, Quade.

Pareció desconcertado.

–¿Has estado haciéndote cargo de los niños tú sola?

–No por completo. Mi madre me ha ayudado mucho, lo mismo que los demás miembros de la familia. Pero les he dicho que desde hoy quería hacerme cargo de las cosas yo sola.

–Pero son tres bebés –dijo como si la idea de ella le pareciera ridícula.

Cheyenne puso los ojos en blanco. Decía lo mismo que sus hermanas y primos.

–Confía en mí, sé cuántos son. Lo mismo que sé que puedo hacerme cargo.

–Ya –pasaron unos minutos antes de que preguntara–: ¿Es por eso por lo que no quieres que yo asuma ninguna responsabilidad? ¿Porque estás tratando de demostrar algo?

–No –entornó los ojos–. La razón por la que quiero que no asumas ninguna responsabilidad es porque por alguna razón tú crees que la forma de asumirla es casándonos. Las bodas de penalti pasaron de moda hace años. Las mujeres se quedan embarazadas constantemente sin tener que casarse.

–Sí, pero ninguna de esas mujeres está embarazada de un Westmoreland.

Cheyenne volvió a tomar en brazos al bebé, se lo apoyó en el hombro y le masajeó la espalda.

–¿Me estás diciendo que eres el primer hombre de tu familia que tiene un hijo fuera del matrimonio?

–No.

–¿Y todos los demás terminaron en boda? –preguntó incrédula.

Una suave sonrisa apareció en sus labios.

–Finalmente, sí. Los Westmoreland pueden ser un colectivo muy persuasivo.

Apretó los dientes para evitar decir que le parecían un colectivo muy arrogante. En lugar de eso cruzó la habitación hacia donde estaba él y dijo:

–Troy está apañado. Sujétalo un momento mientras echo un vistazo a las niñas.

De nuevo pareció tan perdido como se suponía que tenía que estar con un bebé entre los brazos.

—¿Las niñas están despiertas? —preguntó él mirando por encima del borde de las dos cunas.

—Sí, se han despertado. Ya te había dicho que había bastantes posibilidades de que Troy las despertara.

—Pero no han dicho nada —dijo Quade sorprendido.

—Normalmente hacen así, a menos que tengan hambre o haya que cambiarles los pañales. Son muy buenas. Sólo Troy es un poco más difícil, pero bueno, es típico de los hombres.

Media hora después, Quade estaba sentado en una silla con un bebé en cada brazo, sus hijas, mientras Troy mamaba. Quade trataba de concentrarse en las bebés en lugar de en lo que sucedía en el otro extremo de la habitación, pero le costaba bastante trabajo.

Cheyenne se había referido a su hijo como un clásico varón y, a decir verdad, cuando había visto el pecho de su madre se había lanzado sobre él con la misma pasión que su padre había hecho unos meses antes.

Quade cambió de postura en la silla envidiando a su hijo y pensando en que sus hijas serían las siguientes. Sonrió preguntándose si él podría apuntarse a la lista.

Trató de apartar esas ideas de su cabeza y se concentró en mirar a las niñas. Las dos eran muy bonitas. Tenían menos de dos meses y ya se parecían a su madre. Guapas, con la piel ligeramente bronceada y unos preciosos ojos oscuros que lo miraban, aunque no con la misma intensidad que lo había hecho su hijo. Las dos niñas tenían el pelo negro como el carbón y prácticamente liso. No era la primera vez que Quade se preguntaba si Cheyenne tendría antecesores mestizos.

Miró al otro extremo de la habitación.

—¿Tú tienes mezcla de qué? —preguntó atrayendo la atención de ella, que alzó la vista de su hijo.

—De indios cheyennes. Mi madre es completamente india. Mi padre y ella se conocieron en la universidad. De sus tres hijas yo soy la que ha heredado sus rasgos, por eso me llamó Cheyenne cuando nací.

—¿Y cuántos años hace de eso? —preguntó sosteniéndole la mirada.

Cuando se habían conocido, le había dicho que tenía veintiocho años, pero parecía mucho más joven.

—¿Cuántos años crees que tengo? —sonrió.

La recorrió con la mirada y después dijo.

—Más joven. Lo pensé aquella noche, pero ahora estoy casi seguro de que no tienes veintiocho años.

Ella bajó la vista hacia su hijo antes de volver a mirar a Quade y responderle.

–Tengo veinticuatro, pero cuando nos conocimos, tenía uno menos.

–¿Por qué me mentiste?

La observó mientras se mordía el labio inferior un segundo antes de responderle.

–Suponía que si te decía la verdad, me habrías dejado y te deseaba demasiado como para permitir que sucediera algo así.

Quade parpadeó sorprendido por una respuesta tan sincera. Sabiendo que seguramente era mejor no hacer ningún comentario, trató de ignorar los intensos efectos que sus palabras habían tenido en su cuerpo. Incluso en ese momento aún estaba asombrado por cómo se habían conocido y la intensidad de la atracción que había surgido entre los dos.

–Háblame de tus hermanas y primos –dijo decidiendo que tenía que cambiar de tema.

Por la sonrisa que apareció en sus labios, Quade pensó que estaba muy unida a su familia, tanto como él a la suya.

–Mi hermana mayor es Vanessa. Tiene veintiocho años y Taylor es la siguiente y tiene veintiséis. Vanessa trabaja en el negocio familiar y Taylor es consejera financiera. La mejor que hay.

–¿Tu familia tiene alguna clase de negocio?

–Sí, una gran compañía de manufacturas que pusieron en marcha mi padre y su hermano hace años. La Corporación Steele. ¿Has oído hablar de ella?

Quade silbó a un volumen bajo.

–¿Quién no? Han salido muchas veces en las noticias como una de las pocas empresas que no ha externalizado su producción.

–Sí, y nos sentimos orgullosos de ello. Aunque Taylor y yo no trabajamos en la empresa, somos miembros del consejo de administración. Después de la muerte de mi padre, mi tío junto a sus cuatro hijos empezó a dirigir la empresa. Ahora mi tío está retirado y Chance, Sebastian, Morgan y Donovan están haciendo un buen trabajo en su puesto –hizo una pausa como para pensar en su familia, después siguió–: Chance tiene treinta y nueve años, es el mayor y el consejero delegado. Sebastian tiene treinta y siete y es considerado el localizador de problemas y el encargado de resolverlos. Después está Morgan, que a sus treinta y cinco años dirige la sección de investigación y desarrollo. Y por último Donovan, que con treinta y tres está a cargo de la división de nuevos productos. Chance, Sebastian y Morgan están casados. Donovan es soltero y parece que no tiene intención de casarse. Le gusta ser un hombre de varias mujeres.

Quade asintió. Donovan se parecía mucho a su hermano Reggie.

–¿Y tus hermanas? ¿Están casadas?

–Sí, y Taylor está embarazada. Tiene que dar a luz a primeros de año y estamos muy emocionadas –hizo una pausa de un minuto y después sonrió–. Ahora háblame de los Westmoreland.

Quade cambió a las niñas de postura en los brazos para asegurarse de que estaban cómodas antes de contestar.

–Como te he dicho antes, mi padre tiene dos hermanos, John, su gemelo, y Corey, el más pequeño. John tiene una hija, Delaney, y cinco hijos: Dare, Thorn, Stone y los gemelos Chase y Storm. Mis padres tuvieron seis chicos. Además de mí están Jared, Spencer, Durango, mi gemelo, Ian, y el pequeño, Reggie –hizo una pausa y sonrió–. Mi tío Corey es el de los trillizos: una chica llamada Casey y dos hijos, Clint y Cole.

–¡Guau! Es un grupo grande.

–Sí, y estamos muy unidos. No hay nada que no hiciésemos por los demás. Así es como debe ser una familia.

La habitación se quedó en silencio un segundo y Quade decidió que llamaría a su primo Chase por la mañana. Chase estaba preocupado por él, lo notaba. Siempre le había resultado que aunque Ian fuese su hermano gemelo y Chase lo fuera de Storm, en lo que se refería a los vínculos especiales que solían tener los gemelos, en su caso eran con Chase mientras Ian los tenía con Storm.

–Ya es bastante, grandullón –dijo Cheyenne al bebé interrumpiendo así los pensamientos de Quade al apartar a Troy del pecho.

Ese movimiento permitió a Quade una visión completa del pecho desnudo antes de que se lo cubriera. Se sintió cegado por una oleada de sensaciones que casi lo conmocionaron.

—Es el turno de Venus.

Sus palabras reclamaron la atención de Quade, que vio que había vuelto a dejar al niño en la cuna.

—Ahora mismo —dijo él poniéndose de pie y caminando hacia ella.

Cuando le tomó a Venus del brazo, sus manos se rozaron y sintió una punzada de deseo. Sus miradas se encontraron y supo que ella había sentido lo mismo. Carraspeó.

—Umm, ¿qué pasaría si te quedases sin leche? —le pudo la curiosidad e inmediatamente después de hacer la pregunta deseó haberse mordido la lengua.

Esperaba que ella saliera con cualquier respuesta ingeniosa, pero se limitó a sonreír y dijo:

—No me quedaré sin leche, creo que mi cuerpo se ha adaptado a sus demandas y produce de un modo ilimitado.

—Oh.

Después se sentó en la mecedora para amamantar a Venus. Le quedaba aún un bebé y Athena parecía esperar conforme.

—¿Cuánto tiempo te lleva darles de comer?

—Normalmente está todo resuelto en unos noventa minutos —dijo Cheyenne mirándolo—. Una vez que han comido suelen volverse a dormir. Y normalmente duermen casi toda la noche. Son muy buenos.

Quade volvió a la silla con Athena en brazos y la habitación volvió a quedarse en silencio. Se había dado cuenta de que Cheyenne había olvidado su sugerencia de que se marchara y la dejara sola con los bebés. Aunque no había dicho nada, tenía que pensar que igual ella apreciaba que él estuviera allí. Podría haber sido capaz de manejar ella a los tres, pero tenía que alegrarse de la ayuda. Después de todo, también eran sus hijos.

—Se está haciendo tarde.

—Sí, así es.

Sus miradas se encontraron y pensó que le iba a pedir que se marchara, pero en lugar de eso dijo:

—Tengo una habitación de invitados si quieres quedarte aquí a pasar la noche. No tiene sentido que te mande a un hotel tan tarde.

Sorprendido por la oferta, respondió:

—Gracias, aprecio el ofrecimiento.

—Y yo aprecio que estés aquí. Me has ayudado mucho.

Sabía que seguramente le había costado mucho decirle algo así sabiendo lo que valoraba su independencia y el no necesitar la ayuda de nadie para cuidar de los niños.

—¿Estás segura de que he sido una ayuda o sólo he estado en el medio?

—Has ayudado —sonrió—, aunque nunca lo admitiré delante de mi familia o nunca me dejarán sola con los tres. Pero me has venido muy bien, sobre todo cuando se ha despertado Troy y luego sus hermanas a la vez.

–Sí –dejó escapar una risita–, estoy empezando a pensar que es un poco alborotador.

Un momento después estaba dándole a Athena después de que Cheyenne hubiese acabado de dar de comer a Venus y la hubiese dejado en la cuna. Le había explicado que Venus era la que ponía menos interés en comer y sin embargo era la que más podía beneficiarse por su peso.

–¿Cuándo vuelves a ir al médico? –se oyó Quade preguntar.

–La semana que viene.

–Me gustaría acompañarte.

–¿Piensas quedarte tanto tiempo?

–Sí.

Cheyenne abrió la boca como si fuese a decir algo, pero después la volvió a cerrar. Quade se sintió agradecido porque no estaba preparado para oír nada que ella tuviera que decirle en ese momento, sobre todo si tenía que ver con que no quería que él fuera alguien presente en su vida y en la de sus hijos.

Estaba decidido a hacerle cambiar de opinión y se iba a poner a ello. Esa misma noche.

Capítulo Seis

—Eres una gran madre, Cheyenne.

La voz ronca, fuerte y sensual de Quade pareció flotar sobre su piel como una caricia recordándole esa noche en que había recorrido todo su cuerpo. Inspiró para evitar ir allí. En lugar de eso le dio las gracias con brusquedad por encima del hombro y siguió caminando hacia el cuarto de estar sabiendo que él iba detrás.

Los bebés habían comido y estaban en sus cunas durmiendo, pero no sin antes haberle dado a Quade una lección rápida de cambio de pañales. Incluso había ayudado mientras los bañaba y vestía de nuevo para dormir.

Y entonces Quade había parecido decidido a sentarse con Venus en brazos y mecerla para que se durmiera. Por las preguntas que había planteado, Cheyenne se había dado cuenta de que estaba preocupado por su peso. Aunque ella había tratado de parecer segura y animada, tenía que admitir que también estaba preocupada por Venus. Durante su última visita de rutina al médico, el doctor le había dicho que Venus no estaba ganando peso y que si seguía así, habría que ingresarla en el hospital durante una semana para que se la pudiera alimentar con una sonda nasogástrica.

Cheyenne no le había contado a nadie lo que le había dicho el médico, incluso había hecho creer a su familia que los bebés iban muy bien y podrían viajar a Jamaica en un mes. En realidad no era una mentira porque ella quería creer que sería así. Pero la menor de sus hijas parecía tener menos inclinación a comer y daba lo mismo lo que ella hiciera, Venus parecía no responder a ninguna estimulación.

—¿Estás bien?

La pregunta de Quade interrumpió sus pensamientos y lo miró antes de sentarse en el sofá.

—Sí, sólo un poco cansada. Mi familia tenía razón. Hacerse cargo de los tres no es tan fácil como había pensado que sería. Tenía un horario preparado y creo que no va a servir para nada. Supongo que me he equivocado.

Quade se sentó en una silla frente a ella.

—¿De verdad te creías que eras una supermujer?

—Quería creerlo —se rió—. Supongo que empezaré mañana a buscar una niñera para el tiempo que esté aquí.

—¿Tienes pensado ir a algún sitio?

Cheyenne notó el peso de su mirada sobre ella y alzó los ojos.

–Sí, Charlotte no es realmente mi hogar. Llevo dos años viviendo en Jamaica. Quería que los niños nacieran en Estados Unidos, así que volví para dar a luz, pero nunca ha sido mi intención quedarme.

–Ah, entiendo.

Ella se encogió de hombros pensando que en realidad no entendía nada. Tampoco su familia. Su madre tenía buenas intenciones, lo mismo que sus hermanas, pero aunque habían ido allí a ayudar, habían querido hacerlo todo menos dar de mamar a los niños. Esa noche había tenido su primer acercamiento a la maternidad real al tener que hacerse cargo de los tres por sí misma. Quade le había brindado su ayuda, pero no le había obligado a aceptarla y lo apreciaba. Esa noche se había sentido a cargo de todo, segura de sí misma y de su capacidad. Cerró los ojos pensando que sólo con que Venus comiera mejor y ganase peso, todo sería perfecto.

–Te estás quedando dormida, ¿por qué no te acuestas?

Abrió los ojos de par en par y miró a Quade avergonzada por haberse quedado adormilada allí sentada.

–No, estoy bien.

–No, no lo estás. Hoy no has parado. La maternidad no es una broma. Tengo un gran respeto por las mujeres de mis primos y hermanos que son madres primerizas.

–Lo dices como si hubiera un montón de ellas –dijo sonriendo.

–Las hay –se rió–. Parece una epidemia, los embarazos se han extendido entre los Westmoreland como un incendio, pero eso ha hecho muy felices a mi madre y mi tía Evelyn, siempre habían deseado tener muchos nietos.

–¿Has pensado en hablarle a tu familia de los trillizos?

Una sonrisa iluminó sus labios.

–Sí, pero aún no. Tú crees que tu familia es protectora, pero si le dijera a mi madre que tiene otros nietos en otro sitio, se subiría al primer avión que saliera de Atlanta.

–¿Atlanta? ¿Ése es tu hogar?

–Es donde nací y crecí, pero no he vivido allí desde que fui a la universidad.

–¿A qué universidad fuiste?

–A Harvard.

Parpadeó sorprendida. Era un hombre de Harvard. Por alguna razón eso la sorprendió.

–La noche que nos conocimos me dijiste que no estabas casado. ¿Lo has estado alguna vez?

–No.

–¿Tienes algún otro hijo?

Sacudió la cabeza.

–No, los trillizos son los primeros y son una bendición. Gracias.

Sabía por qué le daba las gracias.

–No hay ninguna razón para que me lo agradezcas. Cuando descubrí que estaba embarazada, supe que quería tenerlos –no añadió que serían un recuerdo constante de él y de la noche que habían pasado juntos.

–Muy bien. Te estás quedando dormida otra vez.

Antes de que ella pudiera decir nada, se levantó y la tomó en brazos.

–Eh, ¡suéltame!

–No hasta que te deje en la cama.

El corazón le dio un vuelco en el pecho al escuchar esas palabras. Si supiera las imágenes que despertaba en su mente...

–No puedo acostarme aún, Quade. Tengo muchas cosas que hacer.

–¿Como qué?

Puso los ojos en blanco antes de contestar.

–Han venido mis hermanas a cenar, así que tengo platos sucios en la pila que hay que meter en el lavavajillas. Después está la ropa de los niños que he lavado antes, hay que doblarla y tengo que sacar la basura.

–Considéralo todo hecho. Yo me encargo.

–No, puedo hacerlo yo.

–Lo único que tienes que hacer es cuidarte para que puedas hacerte cargo de mis bebés.

–¿Tus bebés? –frunció el ceño.

Le sostuvo la mirada y tragó saliva pensando que no podía negar que era cierto lo que había dicho. Eran sus bebés. Los bebés de Quade.

–¿Ahora vas a ser razonable o a liarla como hace tu hijo? –preguntó él con una sonrisa.

Deseó que no hubiera sonreído de ese modo. Cada vez que lo hacía despertaba en ella cosas que prefería que siguieran dormidas.

–Los Steele no son conocidos por alborotar, así que debe de ser algo de tu parte, algo de los Westmoreland hacedores de bebés.

–Podemos hacer algo más que bebés. Podemos ser también grandes maridos cuando nos ponemos a ello.

–Ahórrate las molestias.

–Supongo que debería, pero no puedo –dijo con una sonrisa irónica–. De hecho, tengo pensado hacer justamente lo contrario. Empezando esta misma noche, estoy decidido a incidir en ello –después de una breve pausa, preguntó–: ¿Sabes lo que eso significa?

Ella apartó la mirada y respondió.

–No.

Sabía que estaba mintiendo, claro que lo sabía.

–Bueno, entonces me siento obligado a decírtelo. Tras el tiempo que voy a pasar contigo, Cheyenne Steele, caerás entre mis brazos y accederás a hacer lo que quiero.

–¿Cómo puedes ser tan arrogante?

–¿Yo? –preguntó mientras echaba a andar en dirección a su dormitorio con ella en brazos.

–Sí.

–No me había dado cuenta.

Cheyenne suspiró y renunció a decir nada más. Tenía serias dudas de que eso supusiera algún bien. Cuando él se detuvo, ella miró a su alrededor y vio que estaba en su dormitorio.

–Ya está –dijo él inclinándola para dejarla en el suelo.

La forma en que respiró ella le dijo que había notado su erección al deslizarse para ponerse de pie en el suelo. Algo que ella pensó que simplemente no podía ocultarse. Y, pensó también, la pasión que había entre ellos era otra cosa difícil de esconder. Era como la primera noche. Lo había deseado entonces y lo deseaba en ese momento.

Cuando sus pies tocaron la alfombra, aún seguía agarrada a sus hombros y pareció como si su cuerpo se balanceara en busca de contacto. Lo miró al rostro estudiando sus facciones.

–Troy se parece a ti.

Quade sonrió mientras la agarraba de la cintura.

–Sí, tiene un aire a los Westmoreland. Y las niñas se parecen a ti.

Ella asintió.

–Lo hicimos bien, ¿verdad? Hemos hecho unos niños preciosos.

–Sí –dijo él con voz ronca–. El resultado de un sexo perfecto.

–¿Eso crees? –preguntó con una ligera sonrisa de placer.

–Lo sé. Cierra los ojos un momento y recuerda.

Cheyenne pudo sentir el calor de su mirada sobre ella en el momento en que cerró los ojos. Y entonces recordó. Era el mismo sueño que había tenido previamente, antes de que él apareciera. Lo recordaba todo. El deseo. El ansia. Pero sobre todo la sensación que experimentó en el momento que él entró en ella y la intensidad con que se habían acoplado, algo que incluso en ese momento le alteró el ritmo respiratorio.

–¿Has recordado suficiente?

Abrió los ojos lentamente. Parecía como si el rostro de él se hubiera acercado unos centímetros. Sus labios estaban a la distancia del aliento.

–Ningún recuerdo es tan bueno como las cosas reales.

–¿Crees que no?

–Sí –respondió ella.

–¿Y qué quieres que haga yo al respecto?

Oh, sabía exactamente lo que quería que hiciese, lo sabía muy bien. Pero era una idea completamente descabellada, aunque no más loca que la noche en que se habían conocido en la playa. Y aunque había aparecido en el umbral de su puerta esa tarde, la primera vez que lo había visto en casi un año, su cuerpo lo conocía. Su cuerpo lo quería. Y su cuerpo estaba empezando a ser consciente de que jamás iba a olvidarse de él.

Sabiendo que él estaba esperando que dijera

algo, se puso de puntillas, movió las manos de los hombros al cuello y le dijo:

–Lo que quiero es revivir ese sexo perfecto otra vez.

Notó la erección de él presionando contra su cuerpo.

–¿Estás segura de que es eso lo que quieres? –preguntó acercándose más y pasándole la punta de la lengua por el borde de los labios.

–Sí –susurró ya tan débil que casi no se sostenía en pie.

–Entonces vamos allá. Métete en la cama mientras voy al coche a por mi equipaje, tengo ahí los preservativos.

Se acercó a él y notó su erección entre los muslos.

–No funcionaron muy bien la última vez –decidió recordarle.

–Ya lo he notado –dijo entre risas.

–Estoy tomando la píldora ahora.

Quade se había sorprendido la otra vez de que no la estuviera tomando, pero también esa noche había descubierto que no había hecho el amor con un hombre en mucho tiempo.

–De todos modos tengo que traer mis cosas y ahora es un buen momento. Puede que después no tenga la fuerza de voluntad necesaria –dijo unos segundos antes de besarla.

Notó que se excitaba aún más en el momento en que su lengua entró en la boca de ella. Había pretendido que fuera un beso suave, pero en el momento en que su lengua se encontró con la de ella, el besó se volvió más fuerte y sintió la necesidad de que su boca hiciera lo mismo en los pechos. La oyó gemir y su cuerpo se llenó de una necesidad ardiente. El beso se profundizó y se volvió más exigente. Cada célula de su cuerpo empezó a estremecerse y supo que si no tomaba el control de la situación, estarían haciendo el amor en un momento.

Quade lentamente apartó sus labios de Cheyenne pensando que si seguía besándola, acabaría entrando en ella.

–Métete en la cama, vuelvo en un momento –dijo, y se marchó.

Fue al coche y volvió todo lo deprisa que pudo, y cuando regresó a la habitación de ella, se la encontró en la cama como él le había dicho, pero acurrucada en posición fetal, completamente vestida y profundamente dormida.

Dejó a un lado la decepción para sustituirla por simpatía. Más que nada ella merecía descanso. Habría otras oportunidades para hacer el amor. Dejó el equipaje en el suelo, tomó una manta que había en una silla y la tapó.

Ella emitió un sonido al agarrar la manta, pero no se despertó. La miró, dormía en paz. Entonces recordó otra noche que había dormido apaciblemente... entre sus brazos después de haber hecho el amor.

Pensó que si no la dejaba sola en ese momento, se sentiría tentado a quitarse la ropa y acostarse a su lado, así que salió de la habitación con el equipaje y se dirigió a la habitación de invitados. Le había dicho que los niños seguramente dormirían toda la noche como solían, eso estaba bien. Si no era así, también estaba bien, ya que él podría ocuparse de ellos.

Media hora después, había echado un vistazo a los bebés y a Cheyenne por tercera vez, cargado el lavavajillas y doblado la ropa de los niños. Miró a su alrededor preguntándose qué más habría que hacer y decidió llamar a su primo Chase.

Sacó el teléfono móvil y marcó el número de Chase. Chase era el cocinero de los Westmoreland y tenía una cadena de restaurantes de comida tradicional sureña en Atlanta y otras partes del país.

–Hola.

–Chase, soy Quade.

–Hola, ¿qué tal te va? Habías dicho que llamarías si la encontrabas.

Quade se frotó la nuca. Sí, eso era lo que les había dicho a Chase, a sus hermanos y al resto de sus primos antes de salir de Montana. Todos sabían que iba en busca de una mujer.

–La he encontrado, pero las cosas se han complicado un poco.

–¿En qué sentido? Te noto preocupado.

Quade hizo una pausa antes de decir:

–Cheyenne estaba embarazada.

–¿Cheyenne?

–Sí.

–¿Es ése su nombre?

–Sí. Cheyenne Steele.

–Ah, vale. ¿Y ha dado Cheyenne a luz ya?

–Sí.

Chase esperó como si Quade tuviera que decir algo más, pero éste no dijo nada.

–Oye, no me tengas tan intrigado. ¿Es tuyo el bebé?

Una sonrisa iluminó el rostro de Quade, una sonrisa muy orgullosa.

–No, el bebé no es mío, pero los bebés sí.

Hubo una pausa hasta que Chase preguntó:

–¿Bebés?

–Sí.

–¿Más de uno?

Quade no pudo evitar echarse a reír.

–Sí, más de uno.

–¿Gemelos?

–No, trillizos.

Chase silbó y un instante después dijo en tono de asombro:

–¿Ha tenido trillizos?

–Sí. Dos hijas y un hijo.

–¡Enhorabuena!

–Gracias –dijo Quade a punto de estallar de orgullo.

–¿Cómo están todos?

–La madre y los niños están bien, pero...

–¿Pero qué?

Quade intentó mantener las emociones a raya. Eran emociones a las que no estaba acostumbrado.

–La menor de los tres es la más pequeña. Es una cosa diminuta y me preocupa.

Chase hizo de nuevo una pausa.

–Parece que tu entrada en la paternidad va a ser un reto. Ya estás preocupado y aún no ha empezado en el colegio –dijo.

–Lo sé, pero ya verás cómo son las cosas cuando te toque a ti.

Chase dejó escapar una risita.

–Ya me ha tocado. Jessica me ha dicho esta mañana que está embarazada.

Una enorme sonrisa llenó el rostro de Quade.

–Enhorabuena.

–Gracias. ¿Cuándo vas a hablar al resto de la familia de los niños?

–Estoy tratando de convencer a la madre de que se case conmigo y no quiero ninguna interferencia hasta que lo consiga.

–De acuerdo. Mantendré el silencio, sabes que puedes confiar en mí.

–Sí, siempre lo he sabido.

Unos momentos después, en cuanto terminó de hablar con su primo, sonó el timbre de la puerta. Fue rápidamente hacia allí para que el sonido no despertara a Cheyenne o a los niños. Abrió la puerta y se encontró con cuatro hombres. Se mostró tan sorprendido de verlos como ellos de encontrárselo allí, pero enseguida se imaginó que serían los primos de Cheyenne.

El que parecía el mayor de los cuatro, alzó una ceja y preguntó:

—¿Dónde está Cheyenne?

—Está durmiendo.

—¿Durmiendo? —preguntó el que parecía el segundo.

—Sí —Quade se apoyó en el quicio de la puerta. Habría dicho que los cuatro habían pasado de la desconfianza a la sorpresa—. Supongo que sois los primos de Cheyenne: Chance, Sebastian, Morgan y Donovan —dijo dándose cuenta de que tenía muy buena memoria.

—Sí, ésos somos —dijo el mayor—. ¿Quién eres tú?

Quade sonrió.

—No nos conocemos, pero ya habéis visto bastante de mí —respondió y les tendió la mano—. Soy Quade Westmoreland, el padre de los hijos de Cheyenne. ¿Queréis pasar?

Capítulo Siete

–Bueno, Quade Westmoreland, ¿dónde has estado los últimos nueve meses?

Quade notó el brillo de la cólera en los ojos de Sebastian.

Los cuatro hombres habían entrado y estaban de pie en el cuarto de estar, en fila, con los brazos cruzados y mirándolo fijamente en espera de respuesta a la pregunta de Sebastian. La tensión se notaba en el ambiente y Quade lo entendía. Sus primos, sus hermanos y él mismo habrían hecho lo mismo si su prima Delaney, que había crecido sobreprotegida por sus hermanos y primos, se hubiese quedado embarazada y el responsable hubiese tardado diez meses en aparecer.

Por otro lado, la parte testaruda de Quade pensaba que no les debía ninguna explicación a esos hombres, sobre todo si Cheyenne no se la había dado. Pero su otra parte, la que entendía el papel de protectores, podía aceptarlo y no le importaba dar esas explicaciones. ¿Quién sabía? Podían incluso convertirse en aliados suyos en lugar de enemigos y ayudarle en su causa.

Imitando la postura de los cuatro, Quade se cruzó de brazos enviando así el mensaje de que no era fácil de intimidar.

–Créeme, habría venido antes si lo hubiera sabido.

Chance alzó una ceja y dejó caer los brazos a ambos lados del cuerpo sorprendido por segunda vez esa noche.

–¿No lo sabías?

–No tenía ni idea –Quade decidió no entrar en detalles.

–¿Y cuándo te has enterado? –preguntó quien Quade pensaba sería Morgan.

–Hace unos días. La vi embarazada en la portada de una revista.

Los cuatro asintieron como si supieran a qué revista se refería.

–¿Y después de enterarte viniste directamente aquí? –preguntó Sebastian.

–Sí –pensó que era su turno de hacer una pregunta–. ¿Ha mencionado alguna vez Cheyenne quién era el padre de los niños?

Los cuatro hombres negaron con la cabeza, pero fue Sebastian quien habló:

–No, siempre ha ocultado tu identidad. Pensábamos que ella sabría que estabas casado o algo así –frunció el ceño entonces–. ¿Estás casado?

Era el momento de Quade de sacudir la cabeza.

–Aún no, pero espero estar casado muy pronto.

–¿Con Cheyenne? –preguntó Chance.

–Sí –dijo Quade dejando caer las manos a ambos lados del cuerpo.

–Buena suerte –dijo Sebastian entre risas–. Cheyenne es testaruda como un demonio. Ama la libertad y no soporta que nadie le diga lo que tiene que hacer.

Quade se pasó una mano por la barbilla en un gesto de frustración.

–Ya me he dado cuenta.

–Pero ¿se lo has pedido ya? –quiso saber Morgan.

–Sí, varias veces, pero me rechaza siempre.

–Pero tú no abandonas –dijo Donovan más en tono de afirmación que de pregunta.

–No, no abandonaré –afirmó con decisión Quade–. Soy un Westmoreland y una de las cosas que hacen los Westmoreland es asumir la responsabilidad de sus actos, no importa las consecuencias que hayan tenido. Si hubiera sabido del embarazo de Cheyenne, no estaríamos ahora manteniendo esta conversación, creedme.

Por alguna razón, tuvo la sensación de que le creían, o al menos estaban empezando a hacerlo.

–Bueno, ¿tenéis alguna idea para hacerle cambiar de opinión?

Fue Sebastian quien se echó a reír y dijo:

–A lo mejor rezar puede funcionar.

***

Cheyenne se movió en la cama y un segundo después abrió los ojos.

Miró el reloj de la mesilla y cuando vio que eran casi las diez de la noche, se quitó la manta de una patada y sacó las piernas de la cama preguntándose cómo podía haberse quedado tan dormida.

En cuanto se levantó, se acordó: Quade, el beso. Él saliendo a buscar sus cosas al coche para llevar los preservativos. Inspiró con fuerza pensando que no tendría oportunidad de utilizar los preservativos. Se había olvidado de él. No había sido consciente de lo cansada que estaba hasta que se había echado en la cama.

Preguntándose dónde estaría Quade y sabiendo que tenía que ver cómo estaban los niños, se alisó la ropa y se atusó el pelo con los dedos en un intento de estar presentable. Salió de su dormitorio y se dirigió a la habitación de los bebés. Mientras caminaba habría jurado que oyó voces masculinas hablando en un susurro.

Hizo un gesto de confusión, se dio la vuelta y siguió andando, cuando entró en el cuarto de estar se quedó de una pieza. Quade y sus primos se hallaban sentados alrededor de la mesa y estaban jugando a las cartas. ¡Demonios! ¿Cuándo habían llegado sus primos? Tenía que haber sido Quade quien les hubiese abierto la puerta. ¿Sabrían quién era él? ¿Qué les habría contado Quade de su relación?

Entró al cuarto de estar y se quedó en el umbral de la puerta sin que ninguno de los cinco se diese cuenta. Cuando habían pasado unos segundos y seguían sin enterarse de su presencia, carraspeó.

–¿Qué está pasando aquí?

Cinco pares de ojos se volvieron hacia ella y sorprendentemente fue Sebastian quien habló:

–Este tipo dice que es el padre de tus hijos, así que hemos pensado que antes de admitirlo en la familia tiene que jugar a las cartas con nosotros.

Cheyenne frunció el ceño. Estuvo a punto de decir que no había forma de que Quade entrase en la familia, jugase a las cartas o no. Pero preguntó sin ninguna curiosidad:

–¿Qué tal lo hace?

Fue Morgan quien se echó hacia atrás en la silla, sonrió y dijo:

–No muy mal. De hecho, nos ha desplumado a todos, así que definitivamente está dentro.

–Además –dijo Donovan sonriendo–, le habríamos dejado entrar de todos modos porque el extraordinario piloto de motos Thorn Westmoreland es primo suyo.

–Me gustan tus primos –dijo Quade mientras se quedaba junto a la puerta con Cheyenne viendo marcharse a los Steele.

Cheyenne cerró la puerta y lo miró.

–Y parece evidente que tú les has gustado a ellos. Lo que me tiene en ascuas es lo que les has dicho.

–¿Sobre qué?

–Sobre nosotros.

Quade sonrió. Así que ya pensaba en ellos como «nosotros».

–No les he contado ninguno de nuestros secretos, sobre todo los detalles de cómo nos conocimos aquella noche en la playa. He pensado que esa parte realmente no era de su incumbencia; además, principalmente estaban interesados en saber dónde he estado los últimos nueve meses.

Cheyenne se dirigió a la cocina.

–Por mucho que preguntaron, nunca les dije tu nombre.

–No sabías mi nombre. Al menos, no entero.

Cheyenne miró a su alrededor apreciando lo limpia que estaba la cocina, valoró el interés que se había tomado mientras ella dormía.

–Podría haber preguntado en el hotel para obtener esa información.

–No te habrían dicho nada.

Lo miró se soslayo.

–¿Por qué no? –preguntó a ver si admitiría que estaba allí en una misión del gobierno... lo mismo que ella.

No le habrían facilitado ninguna información sobre él porque estaría clasificada.

–Simplemente no lo habrían hecho –cambió

rápidamente de asunto–. ¿Cuenta con tu aprobación el estado de la cocina?

Lo miró con una sonrisa.

–Sí. Gracias, no tenías por qué hacerlo. Veo que también has doblado la ropa.

–No tienes que darme las gracias, Cheyenne, he disfrutado haciéndolo. Y he mirado a los bebés periódicamente y parecen estar bien.

–Normalmente duermen toda la noche, aunque de vez en cuando Troy se despierta.

–¿A qué hora se despiertan? –preguntó Quade echando unos restos de la mesa a la basura.

–Demasiado temprano. Sobre las cinco de la mañana.

–Guau. Es muy temprano –dijo Quade en tono divertido antes de volverse hacia la nevera.

–Ya me he acostumbrado –dijo ella dándose cuenta de que Quade controlaba ya toda la cocina.

Estaba de espaldas a ella mientras sacaba un par de refrescos y se dio cuenta de que era igual de atractivo de espaldas que de frente. Le dio un vuelco el corazón cuando recordó ese cuerpo de frente apretado contra el suyo en su dormitorio hacía poco tiempo.

Pensó que era mejor poner la cabeza en otra cosa.

–¿De verdad es Thorn Westmoreland primo tuyo?

Quade la miró por encima del hombro y dejó escapar una risita.

–Sí. Thorn es mi primo. ¿Has leído alguna novela de Rock Mason?

–Claro, he leído todas las que han caído en mis manos mientras estaba embarazada, ¿por qué?

Una sonrisa apareció en los labios de Quade.

–Porque el nombre real de Rock Mason es Stone Westmoreland. Es el hermano de Thorn y también mi primo.

–Estás de broma, ¿verdad?

Él negó con la cabeza.

–No, no estoy de broma. Es en serio –Quade no estaba muy seguro de estar disfrutando con el gesto de conmoción que había en el rostro de ella.

Estaría preciosa aunque impactara contra ella un obús.

–Guau, eso es impresionante. Es un escritor fantástico.

–Le mencionaré lo que has dicho la próxima vez que hable con él –dijo antes de volverse de nuevo hacia la nevera–. ¿No tienes hambre? –dijo por encima del hombro.

–No. No suelo comer mucho. De hecho, como algo más por los bebés, tengo que mantener el suministro de leche.

Se dio la vuelta y su vista de modo automático se dirigió a los pechos y se sintió ridículamente satisfecho cuando los pezones se marcaron bajo la blusa por el efecto de su intensa mirada. El parto parecía haber llenado los pechos y haberlos vuelto terriblemente tentadores.

Un enjambre de sensaciones le recorrió el cuerpo y Quade sabía bien por qué. Esa noche en Egipto, sus pechos, como el resto de ella, habían servido para su placer y él se había asegurado de que ella recibiera una compensación. Y lo había conseguido unas cuantas veces.

«Ni se te ocurra», pensó. «Lo que estás pensando en hacer es peor que quitarle un caramelo a un niño pequeño».

Su mirada se movió de los pechos al rostro de ella y vio en sus ojos el mismo deseo que él experimentaba. Sabía que era una locura, pero la atracción mutua había reaparecido y hacía que le palpitara todo el cuerpo.

No se había acostado con ninguna otra mujer desde la noche que había pasado con ella. No había deseado a ninguna otra, y en ese momento supo por qué. También supo que las cosas siempre serían así entre los dos: atracción instantánea, respuesta rápida, satisfacción lenta. Había aparecido en la vida de ella esa misma tarde, pero no tendrían que pasar por más preliminares. Ninguno de los dos necesitaba tomarse tiempo para volver a familiarizarse, al menos no en ese sentido. Ése era un campo en el que ambos se reconocían perfectamente. Él sabía perfectamente lo que tenía que hacer para que ella gimiera, que pronunciara su nombre pidiéndole más.

Y se había hecho con toda esa información en una sola noche.

El tiempo que habían pasado juntos en Egipto siempre le traería recuerdos especiales y esperaba que le ocurriera lo mismo a ella. Además, habían creado tres hermosos seres humanos que serían un recuerdo constante de esa noche.

–Pensaba que ibas a sacar algo de la nevera para cenar –le oyó decir a ella.

Quade sintió que se le dibujaba una sonrisa en los labios mientras cruzaba la cocina reduciendo la distancia entre ambos.

–Se me acaba de ocurrir que me gustaría saborear algo completamente diferente y que no está en la nevera –dijo suavemente.

–¿Dónde está entonces?

Notó un temblor nervioso en la voz de ella y, sin mucho esfuerzo, fue capaz de inhalar su aroma. La recorrió con la mirada y apreció todos sus detalles. La bonita piel bronceada, una complexión delicada e impecable. Tenía una anchura de hombros proporcionada, un pelo oscuro que le caía liso con unos pequeños rizos en las puntas, unos ojos negros y unos pómulos marcados que le daban un aire muy exótico. Además estaba su perfecto cuerpo, tan perfecto como había sido antes. Seguía teniendo figura de modelo, pero había en sus curvas una exuberancia, una madurez que era el resultado de la maternidad.

Se detuvo frente a ella y le tomó las manos acercando su cuerpo hasta rozar con el de ella. Ella podría haber visto lo excitado que estaba mientras cruzaba la cocina, pero quería que pudiera sentirlo.

Apretó el cuerpo un poco más estimulándola con el contacto. Se inclinó sobre ella para decirle algo al oído mientras soltaba una mano y la llevaba al punto de unión de sus muslos y acariciándola a través de la tela vaquera dijo:

–Aquí, Cheyenne. Lo que quiero saborear está aquí.

Cheyenne sabía que aquello era una locura, lujuria de la peor clase. Pero al notar su potente erección presionando contra ella, en lo único que pudo pensar fue en tenerlo dentro de su caliente cuerpo. Y estaba caliente. Parecía que tenía una serie de botones que sólo él sabía apretar. No se había acostado con ningún otro hombre después de la noche que había pasado con él y en ese momento, esa noche, su cuerpo se lo estaba recordando.

–¿Te acuerdas cómo fueron las cosas la última vez? –le oyó preguntar.

La voz de él resultaba caliente y áspera en su

oreja mientras sus muslos envueltos en tela vaquera se frotaban contra los de ella una y otra vez.

—Sí, me acuerdo —dijo ella apenas capaz de hablar.

—¿Y te acuerdas de cómo saboreé una determinada parte de tu cuerpo?

Lo recordaba. No había forma de que pudiera olvidarlo. Ese recuerdo había vuelto a su memoria en numerosas ocasiones. Había sido un deseo intenso, extremadamente fuerte, casi devorador.

—Y si recuerdo bien —dijo pasándole la punta de la lengua por el borde de la oreja—, tú disfrutaste intensamente. Me atrevería a decir que te encantaba lo que te hacía.

Sí, así era. Bajo el efecto de su boca, de su habilidosa lengua, se había deshecho varias veces. Cada una de ellas había resultado un orgasmo que la había sacudido hasta la médula, la había roto en miles de pedazos para luego volverla a recomponer y empezar de nuevo.

—Sí, me encantó lo que me hiciste —dijo ella.

No tenía sentido mentir y negar lo que era la absoluta verdad. No tenía ningún problema en admitirlo, sobre todo cuando estaba pensándolo en ese mismo momento.

—Me alegro. ¿Qué te parecería volver a experimentar lo mismo otra vez? Con mi boca actuando del mismo modo... ¿Quieres?

Sus miradas se encontraron. Notó el calor del

deseo de él mientras sus ojos la quemaban. Lo que habían sentido antes había sido una atracción salvaje que sólo podía terminar de un modo, el modo en que lo había hecho. En ese momento lo que ella sentía era un intenso anhelo sexual impulsado por un deseo casi insoportable. Así que dijo las únicas palabras que podía pronunciar:

—Sí, quiero.

Capítulo Ocho

Quade también quería. Con ansia. Con cada parte de su ser. Y esa noche, igual que la otra vez, les daría a ambos un extremado placer. Una parte de él no quería precipitar las cosas. Había deseado ser capaz de esperar y no hacer el amor con ella hasta que accediera a ser su esposa, hasta que se diera cuenta de que él, ella y los niños tenían que ser una familia. Y aunque su matrimonio no estuviera basado en el amor, podía apoyarse en el respeto mutuo, la admiración y el deseo.

Pero otra parte, la parte que rebosaba deseo, no quería esperar. Esa parte quería repetir lo de aquella noche en Egipto. Estar con ella y desenterrar un montón de recuerdos que no podía ignorar.

La abrazó con más fuerza, acercó su boca a la de ella y dijo:

—¿Sabes cuántos días y noches he llevado conmigo el recuerdo de lo que compartimos sin importar dónde estuviera?

—No —dijo ella en un jadeo.

–Demasiados –respondió con voz grave y profunda mientras la miraba a los ojos. Le tomó una mano–. Y cada vez que pensaba en cómo me tocarías con estas manos, me acariciarías del modo más erótico posible, casi no podía soportarlo.

Cheyenne recordó cómo había respondido el cuerpo de él a sus caricias. Le tembló el vientre al pensar en lo que era capaz de hacerle, en cómo podía provocarle hasta dolor por un deseo tan intenso como el que ella sentía por él.

Tenía la sensación de que sus sentidos estaban sobrepasados. Su deseo por él se disparó cuando notó que la levantaba del suelo y la sentaba en la encimera.

–¿Lo has hecho antes en una cocina? –preguntó él mientras se inclinaba a quitarle los zapatos.

–No.

–¿Nunca? –alzó una ceja incrédulo.

Ella también alzó una ceja preguntándose si hacer el amor en la cocina sería algún tipo de fetichismo por parte de él.

–¿Por qué piensas que debería haberlo hecho?

–Porque te puedo imaginar colocada en una mesa como una suculenta tentación –sonrió.

Le sacó la blusa por encima de la cabeza dejando al descubierto un sexy sujetador blanco que desapareció rápidamente. Los pechos aparecieron rotundos ante sus ojos. No podía esperar más y suavemente los cubrió con las manos y empezó a bajar la cabeza hacia los turgentes pezones. Al ver que ella no protestaba, preguntó contra el húmedo extremo:

–¿Tienes suficiente para compartir?

Cheyenne sabía que tenía que responder antes de perder la capacidad de pensar.

–Sí, tengo suficiente.

Y entonces allí estaba, su boca en sus pechos, suavemente al principio, recurriendo a la lengua para acariciarlos y haciendo que los pezones se endurecieran dentro de su boca. Cada caricia de la lengua la excitaba, enviaba a cada punto de su cuerpo una señal para que creciera su excitación. Su habilidad la sorprendía, casi la hacía sentir debilidad en las rodillas mientras se henchía de una satisfactoria sensualidad.

–Quade.

La erótica presión de su boca en los pechos era devastadora para sus sentidos, la hacía temblar. Gritó cuando llegó el orgasmo. Se hubiera desplomado si no hubiera estado sentada en la encimera. Sintió sus músculos interiores tensarse, después se aflojaron. Y sintió que una oleada de placer la recorría.

–Shh, vas a despertar a los niños –susurró él después de apartar la boca del pecho–. Hay mucho que decir sobre ser amamantado –dijo pasándole la lengua por los labios y poniéndola de pie–. Ahora, será mejor quitarte los pantalones. Debes de estar más que lista para recibirme.

Se quedó sin respiración mientras trataba de mantenerse en pie cuando él se puso en cuclillas delante de ella y le dio un beso en el estómago, le desabrochó los vaqueros y se los bajó lentamente por las piernas, dejándola sólo con unas bragas.

—Preciosas —dijo al ver la margarita que tenían estampada.

—Me alegro de que te gusten —dijo ella sonriendo.

—Um, me gusta más lo que ocultan —dijo antes de quitárselas.

Y allí la tenía, completamente desnuda. Se agachó un poco más para verla mejor. Y ella sabía, como él había predicho, que estaba húmeda, caliente y preparada.

La lengua de Quade de pronto se hinchó en su boca anticipando el regalo que estaba a punto de recibir. No podía esperar para volver a saborear el palpitante calor. Quería besar y acariciar ese lugar secreto del modo que sólo él sabía. Se puso en pie y la levantó para volver a colocarla en la encimera, pero más cerca del borde en esa ocasión.

Después tomó sus piernas y se las pasó por encima de los hombros e instintivamente ella las separó justo antes de que él inclinara la cabeza y la acercara al centro de su feminidad por el que pasó la lengua.

Gimió de placer al mismo tiempo que ella, sujetándola firmemente de los muslos, alzándola para poder unir bien la boca a su sexo. Sintió cómo el placer lo recorría entero cada vez que su lengua se deslizaba dentro de ella. La sujetaba firme mientras ella gritaba de placer al mismo tiempo que se retorcía en su boca tratando de apartarse un instante y acercándose más al siguiente. Sintió cómo ella se agarraba a los hombros que rodeaban sus piernas y pensó que si no iba con cuidado, acabaría asfixiándolo, claro que si iba a morir, ése era sin duda el mejor modo.

Y entonces notó cómo el cuerpo de ella se contraía bajo su boca mientras otro orgasmo la llenaba y tenía que morderse los labios para no gritar. La besó profundamente mientras la agarraba de las caderas para asegurarse de que permanecía en el lugar donde él quería que estuviera.

Sintió algo que sólo podía sentir con ella, una miríada de emociones y sensaciones que latían dentro de él sólo con saborearla, sobrepasado por la potencia de ella y lo que eso le provocaba. Trató de contener las emociones que estaba sintiendo diciéndose que no eran más que deseo y aprecio por la madre de sus hijos.

Momentos después, lamiendo sus labios, la soltó. La abrazó, la levantó y la colocó sobre la mesa. Al ver la mirada de sorpresa que había en los ojos de ella, dijo:

–Iba en serio con lo de hacerlo en la cocina.

Dio un paso atrás, se desabrochó los pantalones, se bajó la cremallera. Se quitó rápidamente los vaqueros y la ropa interior.

–Parece más grande que antes.

Él sonrió y la miró. Estaba impresionante tumbada encima de la mesa con las piernas separadas. La idea de colocarse entre sus piernas y entrar en ella casi hizo que se le fundiera un fusible.

Sabía que estaba mirando cuando se puso un preservativo antes de volver con ella. Miró a su alrededor, tomó nota de todos los utensilios de acero inoxidable que había, el suelo brillante y las encimeras de granito. ¿Qué tenía una cocina que le excitaba de ese modo y le provocaba esa sensualidad tan deliciosa?

Desnudo, se acercó hasta ella, se inclinó y devoró su boca. Al mismo tiempo sus manos acudieron automáticamente a su centro y lo probaron. Estaba completamente húmeda. Repentinamente cada músculo de su cuerpo se tensó con una necesidad tan profunda que apartó la boca de la de ella para soltar un rugido gutural. Mientras seguía acariciándola, sintiendo su calor, se preguntaba por enésima vez qué tendría ella que lo empujaba a devorarla de ese modo tan primario.

La mesa tenía la altura y la anchura justa y parecía lo bastante sólida como para soportar lo que pretendía hacer. No era una mesa de trabajo, pero soportaría una buena cantidad de acción esa noche. La miró y vio el calor en sus ojos. Estaba de pie entre sus piernas y notó que las había separado aún más. Echó las caderas hacia delante llevando su erección al interior del húmedo calor. En el momento en que se estableció el contacto echó hacia atrás la cabeza y las venas del cuello parecieron casi estallarle de placer. Respiró con fuerza y empujó más entrando por completo en ella.

Cuando estaba profundamente instalado dentro de ella se inclinó hacia delante y la besó con ternura. Ella se sintió bien... perfecta. Un hermoso recuerdo convertido de nuevo en realidad.

El beso llevó a los dos a un nivel casi de fiebre y empezó a moverse dentro de ella, sujetándola de los muslos para que recibiera sus entradas una y otra vez. Inhalaba su aroma. La oía pronunciar su nombre y sentía que el cuerpo de ella se ajustaba como si estuviera hecho para el suyo.

Comenzó a gemir en lo profundo de la garganta cuando cambió de ritmo y empezó a embestir con más fuerza, más deprisa. Ella se colgó de su beso, sus lenguas se enredaron con una intensidad que hacía que la sensación llegase hasta los huesos. Cuando apartó la boca de la de ella, Cheyenne dijo frenética:

—No. No te vayas. No pares.

No tenía planeado hacerlo. Y para demostrárselo inclinó la cabeza y reclamó su boca besándola con un ansia aún mayor que antes. La parte inferior de él seguía entrando en ella cada vez más profundamente. Ella se adaptó a su ritmo levantando el cuerpo para recibir cada embestida.

Sus músculos interiores se ceñían alrededor de su duro sexo y Quade notaba cómo su engrosado miembro rompía el látex. En lugar de retirarse, dejó escapar un profundo rugido justo un segundo antes de verterse dentro de ella lanzándola a un orgasmo que se unió al suyo.

–¡Quade!

Él volvió a llegar y lo mismo hizo ella. Era una locura. Era pasión en estado puro. Satisfacción completa. Con una urgencia que lo hacía estremecerse volvió a llenar su vientre sin estar seguro de si los anticonceptivos que ella tomaba serían capaces de contener la potencia de su descarga.

Apartó la boca de la de ella y se irguió ligeramente. Sus miradas se encontraron. Le mandó con los ojos un mensaje que decía que si había vuelto a dejarla embarazada, se haría cargo de todo.

Al ver el gesto de su rostro, se inclinó y la besó despertando de nuevo la tensión sexual. Un momento después separaba la boca de la de ella sólo para recorrer con besos su cuello, su pecho. Ella arqueó la espalda y rugió su nombre y él supo que aquello era sólo el principio. Tenían toda la noche y pensaba utilizar cada segundo.

Cheyenne no estaba segura de si sería capaz de volverse a mover. Así que se quedó quieta tumbada con los ojos cerrados mientras respiraba profundamente llena, satisfecha. Quade había salido de ella unos segundos antes y se había alejado, seguramente a deshacerse del preservativo, aunque no había servido de mucho.

Su mente cambió de centro de atención cuando sintió algo cálido y húmedo entre las piernas. Abrió los ojos para ver a Quade de pie limpiándola con una manopla. Instintivamente cerró las piernas.

—No, no te cierres a mí. Déjame hacer esto, Cheyenne. Quiero hacerlo. Ábrete otra vez para mí.

Lo amable y dulce de su tono hizo que hiciera lo que le pedía y siguió lavándola con el mayor cuidado.

—No tienes por qué hacerlo, Quade —había hecho lo mismo la primera vez en Egipto.

—Lo sé, pero quiero hacerlo —la miró a los ojos.

Así que se quedó echada mientras él la limpiaba con sus grandes y complacientes manos. Y cuando pensaba en todo lo que esas manos habían hecho, cómo le habían hecho sentir, supo que eran unas manos hábiles.

—¿Mejor?

En realidad sí. Dada la intensidad con que habían hecho el amor sabía que se sentiría dolorida, pero valía la pena.

—Sí.

Él asintió.

—Vuelvo en un momento.

Pensó que iría al baño a lavarse él y deseó haber tenido fuerzas para hacerlo ella, devolver el favor, pero dudaba que fuese capaz de moverse. Así que siguió tumbada y volvió a cerrar los ojos.

Un momento después se sintió levantada de la mesa y llevada por unos fuertes brazos.

—Vamos a la cama —oyó que decía él con su profunda voz cerca de su oreja—. Y te dejaré dormir un rato.

Sabía que le estaba haciendo saber que harían el amor otra vez y no tuvo ningún problema con esa perspectiva. Cuando llegaron al dormitorio, la dejó en medio de la cama y ella lo miró. Había vuelto a ponerse los vaqueros, pero no se los había abrochado. Nada en él había cambiado. Desnudo estaba fenomenal, con ropa también. Era imponente y supo que por extraño que pudiera parecer se había enamorado de él.

Para ser sincera tendría que reconocer que se había enamorado a primera vista aquella primera noche, pero había apartado esa idea de su cabeza por absurda, sobre todo cuando había creído que no volvería a verlo jamás. Pero cuando el médico le había dicho que estaba embarazada, alguna clase de luz se había encendido dentro de ella y había sabido al instante que deseaba tener ese bebé. Su bebé, que siempre sería una conexión con él. Un bebé por cuyas venas correría una mezcla de sus sangres.

No había contado con tener trillizos, pero cuando habían nacido los tres, se había sentido triplemente conectada con Quade. Lo único que hacía que no aceptase su proposición de matrimonio era que sabía que él no la amaba. Tenía una obligación, sentido de la responsabilidad, pero no la amaba. Ella no podía casarse así. Y menos con ese hombre.

–¿Quieres algo? –preguntó él con un suave tono de voz de pie al lado de la cama.

–Sí, una cosa.

Se acercó un poco al borde y miró su erección que presionaba con fuerza contra el pantalón antes de pasarle la mano por el vientre hasta deslizarla dentro del pantalón y agarrar el duro miembro. No se había puesto el boxer. Sonrió al oírlo respirar de modo agitado mientras utilizaba la otra mano para bajarle los pantalones.

–Cuidado –dijo entre dientes Quade cuando los dedos de ella se curvaron sobre su sexo.

Dudó que ella le hubiera oído porque parecía muy concentrada. Su foco de atención era él y parecía satisfecha acariciándolo de un modo que lo estaba volviendo loco.

–Te gusta torturarme, ¿verdad? –preguntó cuando ella siguió acariciándolo, pero con la esperanza de que no parara.

Realmente tenía habilidad con las manos.

Cheyenne oyó un suave suspiro y dijo:

–No más de lo que a ti te gusta torturarme a mí. Me encanta tocarte así, y pensar que este glorioso miembro es el responsable de mis bebés –alzó la vista–. Nuestros bebés.

No quería sacar a colación el tema de que con píldora o sin ella, con un preservativo roto ella podía muy bien volver a quedarse embarazada. La idea no le preocupó.

Volvió a dedicarle su atención cuando sintió que algo húmedo y caliente lo tocaba. Inspiró profundamente mientras el deseo creía en su vientre. La agarró de la cabeza y trató de apartarla, pero ella lo sujetaba firmemente y su boca estaba cerrada alrededor de su sexo. Lo que le hacía le ablandaba las rodillas.

–Cheyenne, ¿por qué tenemos que hacer esto? –en lugar de responderle, lo agarró con más fuerza.

Él echó la cabeza hacia atrás cuando empezó a devorarlo, a acariciar cada centímetro de su sexo con su caliente y húmeda lengua. Y cuando creía que ya no podría soportarlo ni un minuto más, abrió la boca y succionó más.

–¡Oh, sí!

No pudo decir nada más cuando ella le clavó los dedos en los muslos para que no pudiera escapar de su boca. No por dolor, sino por un placer tan intenso que podía sentir una sensación de hormigueo hasta los dedos de los pies. Y cuando notó que iba a explotar, la agarró de los hombros y trató de apartarla, al ver que ella no quería moverse inspiró profundamente mientras una oleada de sensaciones lo recorría hasta la última de sus terminaciones nerviosas haciendo que flexionara las caderas.

Y aun así ella no lo soltó, agarrada a él con la fuerza de una mujer que sabía lo que quería. Un momento después liberó su boca para llenarse los pulmones de aire. Aprovechó ese momento para terminar de quitarse los pantalones, meterse con ella en la cama, ponerla bocarriba y entrar en ella de una suave embestida.

Y al momento estaba cabalgando sobre ella, devolviéndole la misma sensual tortura que ella acababa de practicarle. Quería hacer el amor con ella para siempre, deseaba poder, y sabía que el resto de sus días llevaría con él el recuerdo de bajar la vista y verla tomarlo con la boca.

Y cuando notó que ella estaba a punto de llegar al orgasmo, respiró profundamente y oleadas de placer le recorrieron la espalda. Supo en ese preciso instante que Cheyenne era la única mujer que podría desear.

–¿Y tienes que hacer esto todas las mañanas a la misma hora?

Cheyenne lo miró y sonrió. Apenas eran las cinco de la mañana y ya estaba ocupada dando de mamar a los trillizos. Troy se había despertado el primero lanzando un alarido a través del intercomunicador con el que decía que estaba listo para comer.

Como la noche anterior, Quade estaba sentado en el otro extremo de la habitación con Venus y Athena entre los brazos. Estaba demostrando ser un padre devoto, pensó Cheyenne. Había oído el intercomunicador antes que ella y estaba fuera de la cama cuando ella se había despertado.

Aún estaba superada por la noche que habían pasado juntos. Habían hecho el amor hasta que se habían quedado sin energía suficiente para hacer otra cosa que dormir y él la había abrazado durante todo el sueño. Más de una vez se había despertado pegada a él y había vuelto a dormirse contenta y en paz.

Una hora después los niños habían comido y estaban en sus cunas.

–Dormirán hasta las diez –dijo Cheyenne mientras apagaba la luz y salía de la habitación.

–¿Cuándo pueden empezar a comer alimento

sólido? –preguntó Quade mientras volvían a la habitación de Cheyenne.

–No antes de los seis meses según el médico. Pero al ritmo que va Troy, puede que él empiece antes. Estoy deseando volver al médico para ver cuánto peso ha ganado. Lo mismo que Athena –hizo una pausa y después añadió–: Pero Venus no parece estar ganando tanto como los otros dos.

–Sí, lo he notado. ¿Estás preocupada?

–Sí.

–Entonces ven aquí y libera un poco de preocupación.

Entraron en la habitación, la tomó de las manos, se sentó en una mecedora y la colocó en su regazo.

–Disfruto teniendo en brazos a mis bebés y quiero tener en brazos a la madre.

Cheyenne le apoyó la cabeza en el pecho disfrutando de la sensación de estar entre sus brazos inhalando su hipnotizador aroma. Podría acostumbrarse a esas atenciones, a su protección y lo pendiente que estaba de cada una de sus necesidades. Sus tiernos cuidados no tenían nada que ver con el sexo. Simplemente le estaba dando lo que creía que ella necesitaba: un momento de paz entre sus brazos.

–Quiero cambiar el apellido de los niños lo antes posible.

Cheyenne alzó la cabeza y lo miró. Sabía que a él le preocupaba que su hijo y sus hijas no tuvieran su apellido. Al menos podía concederle esa petición.

—De acuerdo. Hablaré con mi abogado hoy mismo.

Podría haber dicho por su expresión que estaba sorprendido y que apreciaba el gesto.

—Gracias —dijo con profunda emoción en la voz.

—No has dicho nada de una prueba de paternidad —dijo ella volviendo a apoyar la cabeza en su pecho.

Bajó la vista para mirarla.

—No la necesito. Sé que son míos —esa afirmación hizo sentirse bien a Cheyenne. Sí, eran suyos—. ¿Y qué pasa con el tuyo? —preguntó.

—¿Mi qué? —ella arqueó una ceja.

—Tu apellido. También quiero cambiar el tuyo, Cheyenne.

Ella suspiró al ver que volvían a lo mismo.

—No necesito cambiármelo.

—Creo que sí —fue su respuesta—. Quiero casarme contigo.

«Pero no por la razón adecuada», pensó ella.

—No estoy preparada para casarme —dijo con la esperanza de parecer convincente.

—Entonces supongo que tendré que persuadirte para que pienses de otro modo.

Se inclinó y la besó en los labios, y entonces ella decidió que no quería pensar en nada.

***

132

Cheyenne estaba profundamente dormida bajo las mantas cuando la sacó del sueño el sonido del timbre de la puerta. Cuando volvió a sonar, abrió los ojos y recordó. Quade y ella se habían despertado a las cinco para dar de comer a los niños. Como la noche anterior, Quade la había ayudado con los otros dos bebés mientras ella daba de comer al tercero. Después de cerciorarse de que estaban secos y cómodos, habían vuelto a la habitación, donde la había tenido entre sus brazos alrededor de una hora. Tras eso, habían hecho el amor varias veces antes de quedarse dormidos. Por eso estaba desnuda. Él se había despertado un momento antes, se había vestido y había ido a comprar algo para desayunar.

Preguntándose si habría vuelto ya, salió de la cama, se puso una bata corta y se dirigió a la puerta. Lo último que quería era que el timbre despertara a los niños.

Miró por la mirilla. Eran sus hermanas. Después de su conversación del día anterior, ¿por qué habían vuelto si ya sabían que quería hacerse cargo de los trillizos ella sola? Entonces se le ocurrió. Alguno de sus primos les había hablado de Quade.

Respiró hondo y abrió la puerta con una sonrisa forzada en los labios.

—Vanessa, Taylor, ¿qué os trae tan pronto de visita? —preguntó haciendo como que no tenía ni idea.

Dio un paso atrás para que entraran. Vanessa entró andando, Taylor... se tambaleó. Le quedaba menos de un mes, así que tenía un vientre tan enorme que Cheyenne no se sorprendería si diera a luz antes de Navidad. Luego pensó que ella no había visto una barriga más grande que la suya. No había ganado mucho peso, sólo mucho volumen.

–Donovan nos ha llamado esta mañana –dijo Taylor sentándose en el sofá–. Nos ha contado la partida de cartas de anoche. Chey, sabes que no nos gusta meternos en lo que no nos importa, pero estamos preocupadas.

–¿Por qué?

–Nos hemos enterado de que el padre de los niños apareció ayer después de que nos marchásemos –dijo Taylor.

–¿Y? –preguntó Cheyenne arqueando una ceja.

–Y parece que trabaja deprisa –dijo Vanessa mirando a Cheyenne de arriba abajo–. Odio decir esto, pero tienes marcas de pasión por todas partes. Incluso en las piernas. ¿Qué está pasando?

Cheyenne pensó que la situación era demasiado cómica como para enfadarse.

–Si tienes que preguntar, Van, entonces...

–Esto no es gracioso, Cheyenne –dijo Vanessa con el ceño fruncido–. Este tipo aparece de repente y ya está otra vez en tu cama. No lo niegues.

Estaba empezando a enfadarse. Enderezó la espalda y dijo:

—No, no lo niego y tampoco lo considero un asunto de vuestra incumbencia.

—Eres nuestra hermana pequeña —dijo Taylor suavemente—. Nos preocupamos por ti y no queremos que te hagan daño.

—Y aprecio vuestra preocupación, pero ya os dije ayer que lo que Quade y yo compartimos hace diez meses no fue más que una aventura de una noche. La única razón por la que está aquí es que se ha enterado de la existencia de los niños.

—Vale, si los bebés son la única razón para que esté aquí, ¿por qué os acostáis juntos? —preguntó Vanessa sentándose al lado de Taylor en el sofá.

Cheyenne no pudo evitar sonreír. Era evidente que tenía que hacer una buena descripción, una muy explícita, para sus hermanas.

—Parece que nada ha cambiado —dijo ella—. Quade y yo no podemos mantener las manos lejos el uno del otro. Así son las cosas. Es una combustión espontánea lo que surge cuando estamos a unos centímetros de distancia. Cuando eso ocurre, lo único que podemos hacer es practicar el sexo salvaje. En cualquier sitio. En cualquier momento.

Sus hermanas se la quedaron mirando sin estar seguras de si hablaba en serio.

—¿De verdad quieres que nos creamos eso? —preguntó Vanessa mirándola fijamente.

—¿Por qué no? —dijo Cheyenne sentándose en una silla frente a ellas—. Las dos habéis tenido más vida amorosa que yo. ¿No es posible que algo así exista? ¿Al menos la parte de la combustión espontánea?

Sus hermanas siguieron mirándola sin estar seguras de si querían responder o no. No podía entender por qué las dos dudaban tanto a la hora de darle una respuesta. Vanessa había mantenido una relación tórrida con Cameron antes de casarse, aunque a Cameron le había llevado años conseguir que ella admitiera que estaba interesada por él. Y Taylor estaba embarazada porque se había ido de vacaciones reproductivas con Dominic. Por fin estaba tan felizmente casada como Vanessa con Cameron.

–Sí, hay mucho que decir de la combustión espontánea –dijo finalmente Taylor sonriendo–. Pero estoy segura de que Vanessa estará de acuerdo conmigo en que es importante el amor.

–Eso está bien saberlo –asintió Cheyenne–, porque yo lo amo.

En los rostros de sus dos hermanas apareció un gesto de conmoción.

–Pero si sólo habéis estado juntos dos veces en diez meses. Y las dos veces, no hace falta que te lo recuerde, dedicados sólo al sexo. ¿Estás segura de que no confundes el deseo con el amor? –preguntó Taylor.

Nadie tenía que recordarle nada, pensó Cheyenne. Quade y ella tenían una estupenda vida sexual. Era un comienzo, ¿no? Pero en su interior sabía que sus hermanas tenían razón. Quade quería casarse con ella por razones equivocadas. Quería dar un apellido a sus hijos, su apellido. Quería darle a ella su apellido también, pero sólo porque era la madre de sus hijos. El amor no tenía nada que ver con todo aquello. Al menos, no para él. Pero ella, al margen de las veces que habían estado juntos y las razones por las que lo habían estado, realmente sabía que lo amaba. Quizá para ella había sido amor a primera vista y sólo se había dado cuenta cuando había vuelto a verlo la tarde anterior. Rechazaba creer que dos personas tenían que tener una larga relación antes de enamorarse. Ella era la prueba viviente de que no era así. No era la cantidad de tiempo, sino la calidad, y Quade y ella habían pasado juntos un tiempo de muy buena calidad.

Además estaba el hecho de que Quade era completamente distinto al resto de los hombres con los que había salido. Quizá fuese su madurez, tenía doce años más que ella. Había una bondad en él que notaba cuando estaban juntos y que no tenía nada que ver con la lujuria. ¿Cuántos hombres buscarían a una mujer para averiguar si era la madre de su hijo sólo porque la habían visto embarazada en la portada de una revista? Él no sólo había ido a buscarla, sino que había ido dispuesto a hacer lo correcto con ella y con sus hijos.

Estaba a punto de abrir la boca para decir algo cuando se abrió la puerta. Entró Quade y su mirada pasó de ella a sus hermanas antes de cerrar. La sonrisa que iluminó su rostro casi la dejó sin respiración y le hizo amarlo aún más. Sin esperar instrucciones, dejó la bolsa de la compra en una mesa y fue directamente hacia sus hermanas con la mano tendida.

–Vanessa y Taylor, supongo –cuando ellas asintieron, su sonrisa se ensanchó–. Es un placer conoceros a las dos. Soy Quade Westmoreland.

Al menos sus hermanas ya sabían por qué la visión de Quade prácticamente la había noqueado la primera vez que lo había visto. Habría dicho que estaban tan impresionadas como había estado ella. No había forma de que no estuvieran de acuerdo en que Quade era un hombre muy atractivo. Era guapo más allá de lo medible y refinado hasta decir basta. Rezumaba sexualidad por todos los poros.

En lugar de ir a una tienda de *delicatessen,* como ella le había sugerido, había ido a una tienda de comestibles con la intención de sorprenderla con una comida casera. Terminó preparando un festín e invitando a Vanessa y Taylor a que se unieran a ellos.

No era muy difícil ver lo cautivadas que estaban sus hermanas. No sólo por la maravillosa cocina, sino porque era un gran conversador. Cuando les tocó a ellas hacer preguntas, empezaron por su familia.

Estaban asombradas de la cantidad de gente famosa que había en su familia. Un piloto de motos y un escritor de fama. También les habló de su prima Delaney, que estaba casada con un jeque de Oriente Medio. Recordaba haber leído el artículo sobre la historia de amor de Delaney y sobre su boda en la revista *People* hacía unos años. Después estaban sus primos que tenían un multimillonario negocio de cría de caballos.

Cuando Taylor, cuyo negocio le estaba reportando una buena fortuna personal y que andaba siempre a la caza de clientes potenciales, le preguntó quién gestionaba la riqueza de los Westmoreland, Quade respondió que su hermano Spencer era el genio de las finanzas de la familia.

Entonces le habían preguntado por su trabajo. Les dijo que se había prejubilado de un trabajo en la administración para asociarse con sus primos en una empresa de seguridad que tenía oficinas por todo el país, además de otros negocios.

No les costó mucho admitir que Quade no andaba tras la fortuna de los Steele. Él y su familia ya eran ricos. Y también era fácil ver que se preocupaba por sus hijos y sería un padre maravilloso.

Unos momentos después, Cheyenne se excusó cuando oyó un ruido a través del receptor.

–Perdonadme, creo que Troy está despierto –dijo levantándose de la silla y saliendo en dirección al cuarto de los bebés.

Quade le sonrió y ella notó cómo la seguía con la mirada hasta que desapareció de su vista.

Cheyenne sintió que algo iba mal en el preciso instante que entró en la habitación. Troy estaba llorando como siempre y Athena había empezado a gemir, pero cuando miró a Venus, Cheyenne se puso en estado de alerta y la levantó en brazos.

Apenas capaz de dejar salir el grito que se quedó en la garganta, salió corriendo por la puerta con la niña en brazos. Empezó a llamar a Quade. Sus hermanas y él se encontraron con ella al final del pasillo.

–¿Qué pasa, Cheyenne? –preguntó él con gesto de pánico.

–¡Es Venus! –dijo frenética–. Llama a urgencias, le cuesta respirar.

Capítulo Nueve

Cheyenne estaba sentada en la sala de espera del hospital tratando de contener las emociones que la sacudían. Todo había sucedido demasiado deprisa. Quade le había arrebatado a Venus de los brazos y había iniciado las maniobras de reanimación mientras ella llamaba a urgencias. El servicio de atención había llegado en unos minutos y en ese momento Quade y ella se encontraban allí esperando a que el médico saliera a decirles cuál era el problema que tenía Venus. Vanessa y Taylor se habían quedado con Troy y Athena.

—Nuestra hija se va a poner bien, Cheyenne —dijo Quade tomándole una mano.

Ella lo miró y encontró apoyo en su sólida presencia. Amaba a ese hombre que menos de una hora antes le había quitado a su hija de las manos y le había insuflado la vida en los pulmones. Ella era presa del pánico y prefería no pensar qué habría pasado si él no hubiese estado allí. Apretó la mano de él y apoyó la cabeza en su hombro.

–Quiero creerlo, Quade, pero es tan pequeña y parece tan indefensa...

–Pero es una luchadora –dijo pasándole un brazo por los hombros.

–Sí, es una luchadora –necesitaba repetírselo para tener esperanza.

–¿Cheyenne?

Al oír una voz femenina alzó la vista para encontrarse con las esposas de sus primos entrando en la sala de espera. Kylie, Jocelyn y Lena no sólo eran sus primas políticas, también eran sus amigas. Quade la soltó para que se levantara. Los dos se pusieron de pie y Cheyenne abrazó a las tres. Después se las presentó a Quade.

–Hemos venido en cuanto nos hemos enterado. Los chicos están de camino –dijo Kylie–. ¿Has hablado ya con el médico?

–No –dijo Cheyenne sacudiendo la cabeza–. Llevamos aquí casi una hora, pero nadie ha salido a decirnos nada. Eso es lo que me preocupa.

Nada más decir esas palabras, un hombre que Cheyenne identificó como uno de los pediatras, entró en la sala. Salió corriendo hacia él.

–Doctor Miller, ¿cómo está Venus? –Quade estaba a su lado–. Éste es Quade Westmoreland, el padre de los niños.

El médico estrechó la mano a Quade y después les dedicó a los dos una sonrisa reconfortante.

–Tenemos una idea aproximada del problema

de Venus, pero he pedido más pruebas para asegurarme. Tiene un síndrome de distrés respiratorio, un problema bastante común en los bebés prematuros. Normalmente se detecta en las primeras horas de vida, pero en el caso de tu hija ha tardado en aparecer un poco más.

–¿Qué lo causa? –peguntó Quade.

–Normalmente una falta de surfactante en los pulmones. Los bebés empiezan a producir surfactante cuando están en el seno materno y suelen haber desarrollado una cantidad suficiente antes de nacer. Evidentemente, Venus no.

–¿Y qué hay que hacer para que se cure? –preguntó Cheyenne.

–La edad de Venus va en su favor. Espero que su estado no sea grave y que no queden secuelas una vez superado el tratamiento. Sin embargo, en el peor de los casos podrían haber resultado dañados otros órganos, posiblemente el corazón.

Cheyenne se apoyó en Quade y éste le rodeó la cintura con un brazo.

–¿Cuándo vamos a poder verla? –preguntó él en tono grave.

–Aún no. Tiene dificultad respiratoria y la hemos puesto un respirador.

Cheyenne dejó escapar un jadeo y el brazo de Quade se apretó y la abrazó con más fuerza.

–Gracias, doctor –dijo Quade–. Por favor, infórmenos cuando sea posible verla.

***

Después de que el médico se marchó, Quade tomó a Cheyenne de la mano.

—Excusadnos un momento —dijo a las primas y sacó suavemente a Cheyenne de la sala de espera.

Recorrieron el pasillo hasta que encontraron una sala vacía en la que se metieron y cerraron la puerta.

Aún con la mano entre las suyas, colocó a Cheyenne frente a él y la miró.

—Déjalo salir, Cheyenne, déjalo salir ahora.

Al principio sólo lo miró hasta que se dio cuenta de lo que le estaba pidiendo que hiciera, se abrazó a él, apoyó la cabeza en su pecho y empezó a llorar. Él la abrazó mientras tanto. Cerró los ojos mientras las palabras del médico calaban en él.

No había sabido, no había entendido lo que era la paternidad hasta ese momento. La paternidad no tenía nada que ver con un apellido o querer crear un ambiente familiar para sus hijos. Tenía que ver con estar allí para ellos cuando hiciese falta, proporcionándoles lo que precisaban para crecer y vivir. Y, pensó además, estar allí para su madre, la mujer que los había traído al mundo, la mujer que los había llevado en su cuerpo y los había mantenido a salvo hasta que habían nacido.

Tenía que ver con Cheyenne, la mujer que ya

sabía que amaba. Algunas personas podrían pensar que era una locura considerando su historia, pero para él tenía sentido. Una parte de él había sabido que una mujer especial no tardaría meses ni años en atrapar su corazón. Sus padres se habían conocido y enamorado igual de rápido, igual que su tío y su tía. Además estaban sus hermanos y primos, algunos de los cuales expresaban que se habían enamorado de sus esposas la primera vez que las habían visto. Ahora él se había convertido en prueba viviente de que eso era posible. Cheyenne había sido parte de su vida desde el momento en que habían hecho el amor. Seguramente se había enamorado de ella en el preciso instante en que se habían conocido en la playa.

En ese momento lo único que quería era proteger a sus hijos. Tenía que creer que Venus mejoraría y volvería a casa con ellos y que todo iría bien.

Alzó la barbilla de Cheyenne con un dedo y la miró a los ojos inundados de lágrimas. Aquellas lágrimas eran por su hija, la de los dos.

—Tenemos que creer que va a estar bien, corazón. Si los dos lo creemos, entonces sucederá. La traeremos a la vida. ¿Me crees, Cheyenne?

Ella asintió, por alguna razón lo creía. Más que nada en el mundo quería creerlo. En ese momento él era su punto de apoyo, necesitaba su fuerza. Y algún día tendría su amor y si no, él tendría el de ella quisiera o no. Necesitaba estar conectada a él de un modo íntimo, así que lo abrazó por el cuello, se puso de puntillas y lo besó.

El beso fue suave, aunque apasionado y profundo. Le hizo sentirse protegida y querida, incluso amada, aunque sabía que sólo eran imaginaciones suyas. Pero aun así, no importaba. Lo que importaba era que él estaba allí con ella, el padre de sus hijos, y tenían que creer que todo iba a ir bien.

Interrumpió el beso y lo miró. Él le tomó la mano y se la besó.

–Somos un equipo –dijo él–, ¿de acuerdo?

–Sí –sonrió con los ojos llenos de lágrimas–, somos un equipo.

–Y creemos que todo va a ir bien, ¿vale?

Ella asintió.

–Sí, todo va a ir bien.

Entonces la abrazó y volvió a besarla.

Cheyenne se agarró a esas palabras cuando unas horas después pudieron ver a la niña. Le llevó todas sus fuerzas y una parte de las de él mirar a Venus llena de tubos y no ponerse a llorar.

El brazo de Quade la sujetaba del hombro y la abrazó fuerte antes de besarla en los labios.

–Recuerda, es una luchadora.

Cheyenne asintió. Forzó una sonrisa y dijo:

–No volveré a considerar a Troy un alborotador. Fue su llanto lo que me llevó a la habitación y pude ver a Venus con problemas respiratorios. No quiero pensar en qué habría sucedido si no hubiera hecho ruido.

Quade tampoco quería pensar en lo que podía haber sucedido. Estaba tratando de contener sus emociones y le estaba resultando bastante difícil. Siempre había sabido qué se sentía al amar a alguien y sabía que se estaba dispuesto a dar la vida para salvar la de esas otras personas. Sentía esa clase de amor por su prole. Sentía esa clase de amor por su madre, la mujer que quería que fuese su esposa.

—Lo siento, pero voy a tener que pedirles que salgan un momento mientras hago algunos ajustes a las máquinas —dijo una enfermera en voz baja.

En lugar de responder, Quade asintió y tomando a Cheyenne de la mano, la sacó de la habitación y echaron a andar por el pasillo. Sabía que la familia estaría en la sala de espera. Querrían que les pusiesen al día, pero Quade les daría el mismo mensaje que les había dado antes: el estado de Venus no había cambiado, los médicos estaban esperando los resultados de algunas pruebas.

Una cosa que había descubierto de los Steele durante esa crisis era que funcionaban igual que su propia familia. Cuando las cosas se ponían difíciles, estaban todos juntos. Desde esa mañana los cuatro primos de Cheyenne habían ido a apoyar, los maridos de Vanessa y Taylor, a quienes había conocido en el hospital, habían pasado por allí. Cameron

Cody y Dominic Saxon parecían preocupados y su sincera amabilidad y disponibilidad había conmovido a Quade. Él no había tenido oportunidad de llamar a su familia para decirles nada, lo que hubiera sido bastante tarea dado que nadie sabía de sus hijos excepto Chase.

Entraron en la sala de espera y Quade se preparó para dar explicaciones. Se quedó sin respiración, sorprendido, cuando levantó la vista y vio a algunos de sus primos y dos de sus hermanos.

Sacudió la cabeza y sonrió cuando el grupo fue hacia él.

–¿Cómo os habéis enterado? –preguntó con la voz quebrada por la emoción.

Fue su hermano Jared quien habló.

–Chase tenía esas vibraciones suyas de que estabas muy preocupado por algo y al no poder localizarte se puso en contacto con nosotros. Nos ha dicho dónde estabas y hemos venido. Chase, Thorn y Storm llegarán esta noche. Durango y McKinnon llegan por la mañana. Ian quería venir, pero Brooke está a punto de dar a luz y ha pensado que era mejor quedarse.

Quade asintió y miró a Clint, Cole, Reggie y Stone.

–Gracias por venir.

Una sonrisa apareció en el rostro de Reggie.

–No nos lo agradezcas, hay alguien aquí de quien aún no te hemos hablado.

–¿Quién?

–Mamá. No ha querido perdérselo, sobre todo después de enterarse de lo de los trillizos –hizo una pausa y añadió–: Prepárate. Piensa tirarte de las orejas por ocultárselo. No me gustaría estar en tu lugar –Reggie miró a Cheyenne y la recorrió con la vista de arriba abajo–, bueno, quizá sí me gustaría estar en tu lugar.

–Realmente tienes una gran familia –dijo Cheyenne unas horas después tras haber vuelto al hospital.

Había ido a casa el tiempo necesario para dar de comer a los dos niños. Estando allí había conocido a Sarah Westmoreland, la madre de Quade. Su madre y la de él habían dado el relevo a Vanessa y Taylor en las labores de niñeras y las dos mujeres estaban encantadas.

Cheyenne y Quade habían vuelto a reunirse con el médico, quien les había dado noticias que animaban a sonreír. Las pruebas mostraban que su síndrome era muy leve y que podría tratarse simplemente con un sustituto del surfactante. Le habían quitado el respirador y respiraba sola. Querían tenerla otro día en el hospital en observación y después le darían el alta.

Quade sonreía sentado en la cama supletoria que les habían puesto en la habitación del hospital. Habían decidido quedarse para no dejar sola a Venus.

–Sí, somos unos cuantos, ya te lo había dicho. Estamos muy unidos.

–¿Y Reggie y tú sois los únicos solteros?

La miró, sonrió y dijo:

–Sí, pero yo no por mucho tiempo si accedes a casarte conmigo.

–¿Para que me des tu apellido?

Quade le tomó una mano y decidió que era el momento perfecto para decirle lo que sentía. Si ella lo creía o no, era otro tema. Podía pensar que no lo conocía lo bastante, pero él le diría que lo conocía mejor que ninguna otra mujer. Siempre que habían hecho el amor, había puesto su alma en ello, lo mismo que su corazón.

–Sí –dijo mirándola a los ojos–. Para darte mi apellido, pero hay algo más que va con el apellido.

–¿Qué?

–Mi corazón.

Lo miró incrédula.

–¿Estás diciendo que me amas? –preguntó tranquila.

–Sí. ¿Qué tienes que decir a eso? –preguntó él.

Esperaba que dijera muchas cosas, la mayor parte de las cuales preferiría no escuchar. Sobre todo si iba a discutir con él sobre lo poco que se conocían. Eso no le interesaba. Lo que importaba era que ella era la mujer con la que quería pasar el resto de su vida.

Se acercó a él.

–Lo único que tengo que decir es que también te amo.

–¿Sí? –preguntó con un gesto de conmoción en el rostro.

–Sí, claro que sí –sonrió.

Se acercó a ella y la besó de un modo que la hizo ronronear entre sus brazos. Cuando la soltó, lo miró a los ojos. Estaban arrasados por el deseo.

–Ni lo pienses, Quade.

–¿Seguro? –dijo con una risita.

–Completamente.

–Tienes razón, pero cuando volvamos a casa con Venus, pienso organizar una fiesta para celebrarlo. También una fiesta sólo contigo.

–¿Eso crees?

–Cariño, lo sé.

Cheyenne se quedó un momento en silencio. Decidió que era el momento de ser completamente sinceros el uno con el otro.

–¿Quade?

–¿Sí?

–Tengo cierta idea de por qué estabas en Egipto.

De pronto él se puso rígido, después dijo:

–Ya te he dicho por qué estaba en Egipto.

–Pero no me lo has contado todo. Creo que se te han olvidado algunos detalles.

–Algunos detalles como cuáles.

–Cuéntamelos.

La miró a los ojos y se imaginó que sabía algo,

pero ¿cómo? Entonces recordó que aquella noche se había quedado dormido después de hacer el amor. ¿Habría registrado ella sus cosas? ¿Sería una...?

–Ni lo pienses –dijo Cheyenne como si le hubiese leído el pensamiento.

La miró fijamente a los ojos y preguntó:

–Entonces... ¿cómo sabes tanto de mi trabajo?

–Porque parece que una parte de tu trabajo se entrelaza con la mía.

–¿Cómo?

Una sonrisa se dibujó en los labios de ella cuando dijo:

–Te pagaban por arriesgar tu vida por el presidente y a mí por hacer lo mismo por su mujer.

Una mirada de incredulidad apareció en el rostro de Quade.

–¿Trabajabas en el Cuerpo de Seguridad Presidencial?

–Sí, pero sólo a tiempo parcial, cuando mi trabajo como modelo era en un lugar cercano a un sitio que había que vigilar. Llevaba de modelo casi un año cuando me reclutaron. Pensé que sería excitante y divertido, además de un modo de servir a mi país.

–¿Y ahora?

–Ahora quiero ocuparme de mis hijos y mi marido.

–¿Significa eso que aceptas mi proposición? –preguntó Quade con una sonrisa.

—¿Sigue en pie?

—Claro.

—Entonces sí, acepto, pero me encantaría oírtelo preguntar de nuevo.

—No hay ningún problema –la abrazó–. Cheyenne Steele, ¿quieres casarte conmigo? ¿Ser mi mejor amiga, mi amante y la madre de los hijos de Quade?

—¿Quieres más? –arqueó sorprendida una ceja.

—Sí, aunque no me sorprendería lo más mínimo que ya estuvieses embarazada, con píldora o sin ella. Y supongo que Venus, Athena y Troy me dejarán en la suficiente buena forma como para hacerme cargo de los que vengan después. Además, me encanta estar contigo cuando les das el pecho –Cheyenne dejó escapar una risita–. Bueno, hablemos de la boda.

—¿Vamos a hacer planes?

—Bueno, dado que mi familia, al menos una parte de ella, está ya aquí, podríamos resolverlo este fin de semana. ¿Crees que podríamos organizar algo pequeño con ellos?

—¿Pequeño? –dijo ella entre risas–. ¿Con tu familia? No me parece tan pequeño.

—Bueno, entonces será todo lo grande que pueda ser este fin de semana. Además, como has puesto a mi madre en la habitación de invitados, voy a tener que colarme a escondidas en tu habitación hasta que estemos legalmente casados.

—Pobrecillo.

–Sí, así que ¿por qué no lo resolvemos este fin de semana?

–Lo intentaré.

Él sonrió y se inclinó sobre ella.

–No pareces muy convencida, quizá yo podría animarte un poco.

Cheyenne miró a los ojos al hombre que amaba.

–Um, quizá deberías.

Epílogo

—Yo os declaro marido y mujer. Puedes besar a la novia.

A Quade no se lo tuvieron que decir dos veces, abrazó a Cheyenne y la besó como un poseso. Y cuando ella empezaba a derretirse entre sus brazos, en lugar de aflojar, profundizó el beso.

—Al menos podrías dejarla respirar, Quade.

La soltó y miró a su hermano Reggie con el ceño fruncido antes de tomar a Cheyenne entre sus brazos y emprender el camino de salida de la iglesia mientras los demás los seguían.

Se habían casado ese fin de semana como habían planeado. Así que estaban a dos semanas de Navidad y, por tercer año consecutivo, los Westmoreland tenían una boda en diciembre. Primero había sido Chase, después Spencer y en ese momento le tocaba el turno a él. Todo el mundo miraba a Reggie, ya que era el último Westmoreland soltero... al menos que ellos supieran. La investigación genealógica de su padre había localizado al antecesor gemelo de su bisabuelo, Raphel. Raphel se había ganado el sobrenombre de oveja negra de la familia después de que se había fugado con una mujer casada. Habían planeado una gran reunión familiar en primavera para que se conocieran las dos ramas de la familia. Quade apenas podía imaginarse que hubiera más Westmoreland, pero parecía que iba a ser así. Y como todos los demás, estaba ansioso por conocer a sus primos perdidos.

Dejó a Cheyenne en el suelo cuando salieron de la iglesia. Estaba preciosa y él se sentía orgulloso de que fuese su mujer. Habían decidido posponer la luna de miel hasta que los niños fuesen un poco mayores. Además, estaban encantados con la idea de pasar sus primeras Navidades juntos como familia. Durante la ceremonia Quade había dedicado miradas ocasionales a los trillizos, que estaban en brazos de sus abuelas en la primera fila. Cada vez que los miraba, quería más a la madre de sus hijos y no quería disimularlo.

—Te amo —dijo mirándola a los ojos.

—Y yo a ti también —sonrió ella.

Después los cubrieron de arroz y Quade decidió que era un momento tan bueno como otro cualquiera para sellar sus votos con un beso. Se acercó a ella, sonrió y un segundo después la abrazó. Era un hombre que no creía en las pérdidas de tiempo.

Deseo™

Placer sin límites

Emilie Rose

La rica heredera Juliana Alden quería saber lo que era vivir al límite y, en cuanto vio a Rex Tanner en una subasta benéfica de solteros, supo que había encontrado lo que buscaba. Lo único que tenía que hacer era comprárselo… A Rex no le hacía ninguna gracia que lo "adquirieran", sobre todo alguien de la alta sociedad, aunque Juliana no era una chica rica cualquiera. La atracción entre ellos fue inmediata, pero Rex se había prometido a sí mismo mantener a raya al animal indómito que había en su interior. Si Juliana supiera lo malo que era de verdad, no querría saber nada de él.

Había elegido a aquel hombre para satisfacer sus deseos

Acepte 2 de nuestras mejores novelas de amor GRATIS

¡Y reciba un regalo sorpresa!

Oferta especial de tiempo limitado

Rellene el cupón y envíelo a

Harlequin Reader Service®
3010 Walden Ave.
P.O. Box 1867
Buffalo, N.Y. 14240-1867

¡Si! Por favor, envíenme 2 novelas de amor de Harlequin (1 Bianca® y 1 Deseo®) gratis, más el regalo sorpresa. Luego remítanme 4 novelas nuevas todos los meses, las cuales recibiré mucho antes de que aparezcan en librerías, y factúrenme al bajo precio de $3,24 cada una, más $0,25 por envío e impuesto de ventas, si corresponde*. Este es el precio total, y es un ahorro de casi el 20% sobre el precio de portada. !Una oferta excelente! Entiendo que el hecho de aceptar estos libros y el regalo no me obliga en forma alguna a la compra de libros adicionales. Y también que puedo devolver cualquier envío y cancelar en cualquier momento. Aún si decido no comprar ningún otro libro de Harlequin, los 2 libros gratis y el regalo sorpresa son míos para siempre.

416 LBN DU7N

Nombre y apellido	(Por favor, letra de molde)
Dirección	Apartamento No.
Ciudad	Estado	Zona postal

Esta oferta se limita a un pedido por hogar y no está disponible para los subscriptores actuales de Deseo® y Bianca®.
*Los términos y precios quedan sujetos a cambios sin aviso previo.
Impuestos de ventas aplican en N.Y.

SPN-03   ©2003 Harlequin Enterprises Limited

Julia

Kelly Bravo y Michael Vakulic se habían separado hacía nueve años, siguiendo caminos muy distintos. Él hacia un nuevo nombre y una nueva vida, ella hacia una familia cuya existencia había ignorado hasta entonces. Pero un día Kelly vio una foto en el periódico que le resultó muy familiar. El Michael a quien había perdido hacía tanto tiempo se había convertido en Mitch Valentin, un hombre de negocios multimillonario. Kelly, por su parte, también tenía un nuevo título: ¡mamá! Y una niña con los ojos de Michael… ¿Sería capaz ella de decirle la verdad?

Lazos secretos

Christine Rimmer

¿Aceptaría a la hija que no sabía que tenía?

Bianca™

La atracción que siempre habían sentido el uno por el otro era más poderosa que el sentido del honor

El restaurante de Lara estaba en crisis. Sólo un hombre podía ayudarla, su alto y atractivo hermanastro, Wolfe Alexander. Como condición para ayudarla económicamente y con el fin de lograr sus propios objetivos, le impuso que se convirtiera en su esposa.

Sin otra alternativa más que aceptar los términos de Wolfe, Lara pronto se vio inmersa en el mundo de la alta sociedad y en el de la pasión. Pero había un vacío en su vida que sólo podía llenar... el amor de su marido.

¿Amor o dinero?

Helen Bianchin